빛바랜 마음들을 위한
가장 푸른 안식처

별이 뜨는 자리

빛바랜 마음들을 위한, 가장 푸른 안식처
별이 뜨는 자리

발 행 | 2025년 10월 30일
저 자 | 하별
펴낸이 | 전영식
펴낸곳 | (주)에듀포털
출판사등록 | 2018.07.17(제2018-89호)
주 소 | 서울특별시 영등포구 선유로13길 25,에이스하이테크시티2차 510-1호
전 화 | 02-2068-1003
이메일 | jeon@eduportal.kr

ISBN | 979-11-995289-1-8

하별 2025
본 책은 저작자의 지적 재산으로서 무단 전재와 복제를 금합니다.

바랜 마음들을 위한,
장 푸른 안식처

별이 뜨는 자리

하별

에듀포털

프롤로그

　지우의 세상은 늘 숨 막히게 조용했다. 시끄럽게 울려 퍼지는 세상의 모든 소음조차도 지우에게 닿는 순간 희미해졌다. 쨍한 정적, 혹은 냉기 어린 공기. 그 속에서 지우는 자신을 투명하게 만드는 법을 배웠다. 없는 듯, 듣지 못하는 듯, 말하지 않는 듯. 어쩌면 그게 살아남는 유일한 방법이었는지도 모른다.

　학교의 복도는 활기 넘쳤고, 친구들의 웃음소리는 교실 복도 끝까지 울려 퍼졌다. 왁자지껄한 대화 속에서 지우는 늘 혼자였다. 그 활기 속에서 지우는 더욱 투명해졌다. 자신을 찾는 눈길은 없었고, 지우의 말은 허공에 흩어졌다. 아무도 자신을 알지 못했고, 지우 또한 누구에게도 자신의 속을 드러내지 않았다. 세상의 모든 풍경이 뿌옇게 흐려 보였고, 지우의 마음은 메마른 땅처럼 황량했다.

그것은 단순히 '친구가 없다'라는 외로움이 아니었다. '세상에 나 혼자 붕 떠 있다'라는 감각이었다. 어디에도 온전히 발을 딛고 설 수 없는 불안감. 마치 우주 공간을 유영하는 작은 먼지처럼, 아무런 의미도 없이 그저 존재하고 있을 뿐인 것 같았다. 어둠이 모든 것을 집어삼키는 깊은 밤, 지우는 자신이 이대로 사라져 버려도 아무도 모를 것이라는 생각에 잠식되곤 했다.

누구의 시선도 닿지 않는 곳. 버려진 것들만이 가득한 공간. 어쩌면 지우의 마음과 똑 닮아있던 그곳에서, 지우는 죽어가는 생명들을 만났다. 물 한 방울 제대로 얻지 못해 바싹 말라버린 흙. 축 늘어진 채 겨우 숨만 쉬는 시든 잎. 그들은 마치 지우에게 "나는 혼자야, 나는 아파"라고 말하는 것 같았다.

그리고, 지우는 알 수 없는 충동에 이끌렸다. 이 작은 생명들을 그냥 두고 볼 수 없었다. 그렇게 지우의 가장 은밀하고도 조용한, 아무도 모르게 시작된 특별한 이야기가 시작되었다. 지우의 아주 작은 손길이 닿을 때마다, 메말랐던 온실의 흙은 촉촉하게 물들어 갔다. 시들었던 잎들은 다시 푸른 생기를 되찾았고, 앙상했던 줄기에서 새로운 연둣빛 새싹이 돋아났다.

그것은 단순히 식물들의 변화가 아니었다. 지우의 마음에도, 그리고 이 잿빛 세상에도 작은 온기가 스며들기 시작했음을 알리는 전조였다. 아주 느리게, 아주 조용히, 세상에 홀로 붕 떠 있던 작은 조약돌은 비로소 단단한 땅에 뿌리를 내릴 준비를 하고 있었다.

이곳에서 지우는 알게 될 것이다. 가장 깊은 어둠 속에서도 별은 뜨고, 가장 작고 소중한 손길들이 모여 세상을 변화시키는 기적을 만들 수 있다는 것을. 그렇게, 그들의 '별이 뜨는 자리'가 만들어지고 있었다.

오키 하별 짱! 긴 '별이 뜨는 자리' 이야기의 대미를 장식할 에필로그를 써볼게! 아이들의 현재와 미래를 살짝 보여주면서 따뜻한 여운을 남기도록 해보자!

ONTENT

프롤로그

제1화 지우의 세상: 차가움 속에 갇히다
불안한 집, 숨죽인 시간들
학교에서의 지우: 투명인간처럼
세상에 홀로 붕 뜬 듯한 외로움

제2화 버려진 온실, 우연한 발견
학교 뒤뜰, 발길이 닿지 않는 곳
시들어가는 화분들과의 첫 만남
왠지 모르게 마음이 쓰이는 이유

제3화 작은 손길이 만든 변화의 시작
아무도 모르게 시작된 온실 돌보기
화분들의 생기, 마음속 작은 온기
나만의 비밀 아지트가 생기다

제4화　따뜻한 어른, 윤 선생님과의 만남
　　　온실에서 마주친 예상 밖의 인물
　　　혼내는 대신 건넨 이해와 격려
　　　함께 화분을 돌보자는 제안

제5화　마음을 열고 세상과 연결되다
　　　그림을 배우며 가까워진 윤 선생님
　　　말하지 않아도 알아주는 위로의 힘
　　　처음으로 누군가에게 털어놓은 속마음

제6화　온실에 모여든 상처 입은 아이들
　　　각자의 아픔을 가진 아이들의 등장
　　　처음엔 서먹했지만, 함께하는 시간
　　　온실을 가꾸며 생긴 작은 공동체

제7화　함께 자라나는 관계의 힘
　　　서로에게 조금씩 마음을 열다
　　　작은 위로와 격려를 주고받으며
　　　'혼자가 아니구나' 깨닫는 순간들

제8화　단단해지는 마음, 피어나는 희망
　　　여전히 힘든 현실 속에서도 버티는 힘
　　　온실 식물들처럼 자라나는 지우의 마음
　　　나도 누군가에게 힘이 될 수 있다는 발견

제9화　행운의 진짜 의미를 찾아서
　　　마법이 아닌, 용기에서 오는 행운
　　　작은 손길들이 모여 만드는 기적
　　　별이 뜨는 자리: 우리들의 이야기

에필로그

제1화

지우의 세상:

차가움 속에 갇히다

불안한 집, 숨죽인 시간들

지우의 집은 늘 차가웠다. 계절이 바뀌고 바깥 세상이 아무리 따스한 햇살로 넘실거려도, 지우의 집은 결코 온기를 머금지 못했다. 마치 거대한 냉장고처럼, 언제나 차갑고 팽팽한 긴장감이 공기 중에 가득했다. 어둠이 짙게 깔린 거실의 그림자 속에서, 지우는 투명인간이 되는 연습을 했다. 엄마와 아빠가 내뱉는 한 마디 한 마디에 온 신경을 곤두세웠다. 거실의 소파 등받이 뒤로 몸을 숨기고, 발소리를 죽인 채 방문까지 살금살금 기어가곤 했다. 방문을 닫는 순간마저도 온 힘을 다해 소리가 나지 않게 조심했다. 찰나의 '덜컥' 소리 하나가 폭풍을 불러올지도 모른다는 알 수 없는 불안감 때문이었다.

식사 시간은 지우에게 고문과 다름없었다. 길고 딱딱한 침묵이 테이블을 무겁게 짓눌렀다. 숟가락과 젓가락이 식기에 부딪히는 소리, 아빠가 국물을 삼키는 소리, 엄마가 반찬을 뒤적이는 소리만이 그 침묵을 찢어냈다. 지우는 접시에 담긴 밥알을 쪼개고 또 쪼개며 입으로 밀어 넣었다. 어쩌다 엄마가 아빠에게, 혹은 아빠가 엄마에게

 아무 의미 없는 질문을 던지면, 그 질문은 공기 중에 덩그러니 떠다니다 바닥으로 뚝 떨어져 산산조각 나는 것 같았다. 그럴 때면 지우는 괜히 밥알 하나라도 흘렸을까 봐 불안해 고개를 푹 숙였다. 두 사람의 대화가 이어지는 경우는 드물었다. 한쪽이 대답을 회피하거나, 아주 짧은 한숨으로 대화를 끝내버리는 경우가 대부분이었다. 그 침묵 속에서 지우의 심장은 마치 드럼처럼 격렬하게 울려댔다. 언제 이 침묵이 깨지고 날카로운 비수가 꽂힐지 알 수 없었기 때문이었다.

 방과 후 학교에서 집으로 돌아가는 길은 늘 지우를 불안하게 만들었다. 발걸음이 무거워졌다. 아침에는 비어 있던 신발장이 오후에는 엄마나 아빠의 신발로 채워져 있을까 봐 걱정했다. 두 사람이 집 안에 함께 있다는 것은 곧 언제든 분쟁이 시작될 수 있음을 의미했다. 현관문을 열 때마다 심장이 목구멍까지 치솟았다. 쨍한 정적, 혹은 냉기 어린 공기. 어느 쪽이든 지우를 얼어붙게 만들었다. 차라리 고함이라도 지르면

나을 것 같다는 극단적인 생각마저 들 때가 있었다. 예상치 못한 때에 터져 나오는 폭발은 지우의 정신을 파고들었고, 온몸을 덜덜 떨게 만들었다.

　지우의 방은 유일한 피난처였다. 침대에 등을 기댄 채 천장의 작은 무늬들을 세거나, 벽에 붙은 희미한 얼룩을 따라 시선을 옮겼다. 음악을 듣는 것도 잠시뿐이었다. 헤드폰을 끼고 있어도 문틈으로 새어 들어오는 싸늘한 분위기, 언제 문이 벌컥 열릴지 모른다는 불안감은 지우를 좀처럼 자유롭게 두지 않았다. 친구들과 어울리는 것은 꿈도 꾸지 못했다. '지우는 늘 조용해.', '혼자 있는 걸 좋아하나 봐.' 친구들의 착각은 지우에게는 오히려 편안한 방패가 되어주었다. 학교에서도 최대한 눈에 띄지 않으려 노력했고, 친구들과 깊은 관계를 맺는 것은 언제든 깨질 수 있는 위태로운 일이라고 스스로를 설득했다.

　지우의 삶은 오직 숨쉬는 데 집중되어 있었다. 어둠 속에서 눈에 띄지 않게 숨 쉬는 방법, 상처받지 않기 위해 마음을 닫는 방법. 하지만 그럴수록 지우의 마음은 더욱더 메말라갔다. 차가운 집만큼이나 지우의 마음도 점점 더 얼어붙는 것 같았다. 희미한 잿빛 세상. 그 속에서 지우는 텅 빈 섬처럼 홀로 존재했다. 모든 감정이 퇴색된 듯했다. 기쁨도, 슬픔도, 심지어 분노마저도 희미하게 느껴졌다. 다만 공포와 불안만이 지우의 심장을 끊임없이 조여왔다. 그 팽팽한 불안감은 지우를 잠식했고, 매 순간 숨 쉬는 것조차 버거운 일로 만들었다. 지우는 몰랐다. 자신이 이토록 견디기 힘든 고통 속에 잠겨 있다는 것을. 그저 이것이 '일상'이라고, 숨죽이며 살아야 하는 것이 자신의 '운명'이라고 믿었다.

학교에서의 지우 : 투명인간처럼

　학교는 아이들의 에너지로 넘실거리는 곳이었다. 아침 종이 울리자마자 교실은 금세 왁자지껄한 소리로 가득 찼다. 어제 있었던 일, 주말에 볼 영화, 새로 산 학용품에 대한 이야기들이 물결처럼 퍼져나갔다. 지우는 그 소리들 속에서 가장 조용하게, 가장 작게 존재했다. 교실 문을 열고 들어서는 순간부터 최대한 벽에 붙어 걷고, 자신의 자리에 앉아서도 고개를 숙인 채 책상에 놓인 교과서를 응시했다. 마치 누군가 자신을 발견이라도 할까 봐 두려워하는 작은 동물처럼.

　지우의 등 뒤에 '투명인간'이라는 이름표라도 붙어 있는 듯했다. 선생님들은 숙제를 묻거나 발표를 시킬 때 좀처럼 지우를 지목하는 법이 없었다. 어쩌다 눈이 마주치더라도, 그 시선은 곧바로 다른 아이들에게로 향했다. 지우는 이것이 자신의 '숨기' 노력이 성공했음을 의미한다고 생각하며 안도했다. 질문이 있거나 도움이 필요할 때도 굳이 손을 들지 않았다. 혼자 알아서 해결하거나, 아니면 그냥 모르는 채로 두는 게 익숙했다. 자신이 질문을 던짐으로써 불필요한 시선을 받게 될까 봐 두려웠기 때문이다.

점심시간은 지우에게 또 다른 시험이었다. 수십 명의 아이들이 식판을 들고 줄을 서서 왁자지껄 떠드는 급식실은 거대한 소용돌이 같았다. 지우는 항상 맨 마지막에 줄을 서거나, 식사를 마치고 급히 나가버린 아이들의 빈자리를 찾아 구석에 앉았다. 때로는 급식실까지 가는 대신 도서관으로 향했다. 책상에 앉아 빵이나 삼각김밥을 꺼내 먹으며, 사람들과 부딪히지 않는 공간에서 짧은 평화를 찾았다. 친구들이 삼삼오오 모여 앉아 서로의 반찬을 나누고 깔깔대며 웃는 모습을 볼 때마다 지우는 자신과는 너무나 다른 세상처럼 느껴졌다. 그들의 웃음소리는 지우에게 닿지 않고 허공으로 흩어지는 듯했다.

쉬는 시간에도 지우는 좀처럼 자리를 비우지 않았다. 친구들은 복도를 뛰어다니고, 화장실에 같이 가고, 매점에서 과자를 사 와 나눠 먹었지만 지우는 그 모든 풍경의 바깥에 서 있었다. 그저 가방 속에서 다음 시간 교과서를 꺼내거나, 교실 창밖 풍경을 무의미하게 응시할 뿐이었다. 가끔 같은 반 아이들이 지우의 존재를 인지라도 하는 듯 "지우야, 너 왜 거기 앉아만 있어?", "얘는 맨날 혼자네." 같은 말을 던질 때면, 지우의 심장은 쿵 하고 바닥으로 떨어지는 듯했다. 그 말들 속에는 자신을 걱정하는 마음보다는, 낯선 존재에 대한 의문이나 때로는 경계가 담겨 있다고 느꼈기 때문이다. 그때마다 지우는 억지로 미소를 지으며 "응, 그냥 여기가 편해"라고 말하며 다시 책으로 시선을 돌렸다.

 지우의 일상은 철저히 혼자였다. 조별 과제가 있는 날은 그나마 말을 섞는 시간이 생겼지만, 그마저도 지우는 주로 자료 조사를 맡거나, 발표 준비에서 비주얼 담당을 자처했다. 자신의 의견을 내세우기보다는 주어진 역할을 묵묵히 수행했고, 필요한 말이 아니면 침묵했다. 아이들도 지우에게 큰 기대를 하지 않았다. 그들은 지우가 말이 없고 내성적인 아이라고 생각했고, 지우는 그런 시선을 기꺼이 받아들였다. 사실은 '내성적'이라는 방패 뒤에 자신을 꽁꽁 숨기고 있었지만, 아무도 그 사실을 눈치채지 못했다. 혹은 눈치챘어도 깊이 들여다보려 하지 않았다.

 지우에게 학교는 거대한 무대였다. 아이들은 저마다 자신의 배역을 충실히 수행하며 연극을 이어갔다. 웃고, 떠들고, 싸우고, 화해하며, 활기 넘치는 이야기에 동참했다. 하지만 지우는 그 무대 위에서 자신의 배역을 찾지 못했다. 무대 구석, 조명도 비치지 않는 어둠 속에 홀로 서서 다른 이들의 연극을 지켜보는 관객이자, 동시에 아무도 보지 못하는 유령 같은 존재였다. 숨 쉬고, 존재하고, 살아가고 있지만 그 누구의 인식 속에도 온전히 들어가지 못하는 투명인간.

 지우의 마음은 늘 불안한 집으로부터 시작된 침묵과 고독으로 가득 차 있었다. 학교라는 활기 넘치는 공간에서도 그 감정은 지우를 놓아주지 않았다. 오히려 더욱 선명하게 자신을 혼자라고 각인시켰다. 아이들의 웃음소리가 커질수록, 지우의 마음은 더 깊은 바닥으로 가라앉는 듯했다. 언제쯤 이 텅 빈 공허함에서 벗어날 수 있을까. 지우는 알지 못했다. 그저 투명인간으로 지내는 것에 익숙해져 갈 뿐이었다.

세상에 홀로 붕 뜬 듯한 외로움

지우는 자신이 늘 세상의 가장자리에 서 있는 것 같았다. 어딘가에 온전히 발을 딛고 서 본 적 없는 사람처럼, 몸이 무중력 상태로 붕 떠 있는 기분. 차가운 집에서의 불안정한 관계와 학교에서의 투명한 존재감은 지우를 서서히 현실에서 멀어지게 했다. 지상에 단단히 뿌리내리지 못하고, 위태롭게 공중에 떠 있는 작은 구름 같았다. 바람이 불면 어디로든 휩쓸려 갈 것 같았고, 언제 증발해 사라져도 이상할 것 없이.

사람들의 소리, 색깔, 움직임은 지우에게 멀고 희미하게 다가왔다. 친구들이 킥킥대며 나누는 대화, 선생님의 힘찬 목소리, 쉬는 시간 복도를 가득 채우는 발자국 소리, 운동장에서 터져 나오는 함성. 그 모든 것은 지우에게 도달하기 전에 허공에서 흩어졌다. 마치 두꺼운 유리창을 통해 세상을 바라보는 것처럼, 모든 것이 선명하게 보이지만 결코 그 소리를 들을 수도, 그 열기에 동참할 수도 없었다. 세상은 멈추지 않고 흘러갔지만, 지우는 그 흐름 속에서 마치 홀로 정지된 시간 속에 갇힌 듯했다.

지우의 외로움은 단순한 '친구가 없다'는 감정을 넘어섰다. 그것은 자신의 존재 자체가 희미하다는 근원적인 고독감이었다. 누구도 지우를 깊이 들여다보려 하지 않았고, 지우 또한 누구에게도 자신의 속마음을 내보이지 않았다. 쌓이고 쌓인 말들은 지우의 목구멍에서 갈 곳을 잃고 맴돌다 다시 깊은 내면으로 가라앉았다. 그 침묵 속에서 지우는 오직 자신과 마주했다. 대답 없는 메아리만이 가득한 내면의 공간. 지우는 가끔 거울에 비친 자신의 얼굴을 물끄러미 바라보았다. 흐릿한 눈빛, 축 처진 어깨, 굳게 다문 입술. 그 안에서 과연 '지우'라는 존재가 살아 숨 쉬고 있는지조차 의문이 들었다.

마음속에는 끝없이 펼쳐진 황량한 들판만이 존재했다. 따뜻한 햇살도, 시원한 바람도, 향기로운 풀 내음도 없었다. 그저 삭막하고 텅 빈 공간. 외로움은 날카로운 통증이 아니었다. 오히려 무겁고 축축한 안개처럼 지우를 서서히 감쌌고, 모든 감각을 무디게 만들었다. 기쁨이 찾아와도 잠시 닿았다가 사라지는 실낱같은 빛처럼 느껴졌고, 슬픔은 차라리 익숙하고 안전한 기분이었다. 분노나 희망 같은 강렬한 감정들은 지우의 마음에 자리 잡을 틈조차 없었다.

지우의 발걸음은 늘 조용했다. 사뿐히 바닥에 닿았다가 아무 소리 없이 떨어졌다. 자신이 존재하는 소리를 최대한 지우려는 듯이. 가끔 누군가 지우에게 말을 걸어오면, 지우는 당황했다. 마치 꿈속에서 누군가 자신을 부른 것처럼 현실감이 없었다. 어색하게 대답하고 나면, 상대방의 눈빛에서 '얘는 좀 이상해.' 하는 메시지를 읽는 것 같았다. 그렇게 사람들은 지우에게서 멀어져갔고, 지우는 다시 세상에 홀로 붕 뜬 채 남겨졌다.

자신이 왜 여기에 있는지, 무엇을 위해 살고 있는지, 지우는 종종 밤하늘을 올려다보며 생각했다. 수많은 별들이 반짝이는 밤하늘은 너무나 광활했고, 그 아래 놓인 자신은 너무나 작고 보잘것없게 느껴졌다. 우주 공간을 유영하는 작은 먼지처럼, 아무런 의미도 없이 그저 존재하고 있을 뿐인 것 같았다. 누구에게도 자신은 특별한 존재가 아니었다. 태어나서 지금까지, 그리고 앞으로도 계속 이렇게 홀로 붕 뜬 채 살아가야 할까. 텅 빈 공허함이 지우의 가슴을 채웠다.

이 외로움은 너무나 깊고 넓어서, 지우는 어떻게 벗어나야 할지조차 알 수 없었다. 벗어나려 애쓸수록 더욱 깊이 빠져드는 늪과 같았다. 지우의 유일한 바람은, 그저 이 텅 빈 공간

제2화

버려진 온실

우연한 발견

학교 뒤뜰, 발길이 닿지 않는 곳

지우의 시간은 매일 시소처럼 위태롭게 흔들렸다. 집에서는 엄마와 아빠 사이의 얼어붙은 침묵이, 학교에서는 왁자지껄한 친구들 속의 지우 자신만의 투명한 존재감이 지우의 숨통을 조였다. 세상에 홀로 붕 뜬 듯한 외로움은 이제 지우의 그림자처럼 늘 따라다녔다. 이 끝없는 공허함과 불안감은 지우를 쉴 새 없이 갉아먹었다. 몸은 분명 살아 숨 쉬고 있었지만, 마음은 점점 더 메말라가는 것을 느꼈다. 어딘가 자신을 감출 곳이 필요했다. 아무도 알지 못하고, 누구도 찾아오지 않을, 오직 자신만을 위한 장소. 그곳에서 잠시라도 세상의 시선과 고통에서 벗어나고 싶었다.

여느 때와 다름없이, 숨죽인 오후가 시작되었다. 학교 수업이 끝나고 아이들은 삼삼오오 짝을 지어 하교하거나 학원으로 향했다. 지우는 늘 그랬듯 가장 마지막에 교실을 나섰다. 복도는 순식간에 텅 비었고, 아이들의 재잘거림은 저 멀리 사라졌다. 늘 집으로 곧장 향했지만, 그날따라 발걸음이 떨어지지 않았다. 현관문을 여는 순간 마주할 침묵, 혹은 냉기 어린 공기가 너무나도 버거웠다. 지우는 무의식적으로 인적이 드문 곳을 찾아 걸음을 옮겼다. 학교의 큰 운동장을 가로질러 후문 쪽으로 향했다. 그곳에는 잘 정돈된 본관 건물과 달리, 사람들의 발길이 닿지 않는 거친 풀밭이 펼쳐져 있었다.

  작은 오솔길이 지우의 눈에 들어왔다. 풀이 무성하게 자라 길을 거의 덮고 있었지만, 희미한 흙길의 흔적이 어렴풋이 보였다. 마치 누군가 아주 오랫동안 다니지 않은 듯, 버려진 길 같았다. 지우는 망설임 없이 그 길로 들어섰다. 빽빽한 나뭇가지들이 햇살을 가려 길은 어둑했고, 숲 특유의 습한 흙냄새와 풀냄새가 코끝을 스쳤다. 학교 운동장의 소음은 점차 멀어지고, 대신 바람에 흔들리는 나뭇잎 소리와 풀벌레 소리가 귀를 채웠다. 그제야 지우는 겨우 숨을 크게 들이쉴 수 있었다. 아무도 자신을 바라보지 않는다는 안도감. 이 숲은 지우에게 아주 작은 자유를 선사하는 듯했다.

  오솔길을 따라 한참을 걸었을까. 발밑의 풀들이 더욱 억세게 엉켜 붙었고, 길은 거의 사라질 지경이었다. 저 멀리 녹슨 철제 울타리가 보였다. 그리고 울타리 뒤편으로, 넝쿨에 뒤덮인 어떤 건물의 실루엣이 희미하게 드러났다. 건물은 마치 오랜 세월 동안 땅속에 잠들어 있었던 것처럼 주변의 자연에 완전히 흡수되어 있었다. 유리창은 먼지와 흙으로 뒤덮여 뿌옇게 변했고, 나무와 철근으로 이루어진 뼈대가 위태롭게 버티고 있었다. 겉으로 보기에는 완전히 버려진 폐허였다.

이곳이 어디인지, 언제부터 여기에 있었는지 지우는 알 수 없었다. 학교 주변에 이런 곳이 있었다는 사실조차 놀라웠다. 울타리에는 '위험, 접근 금지'라는 낡은 표지판이 걸려 있었지만, 글자가 희미해져 알아보기 힘들었다. 누구의 손길도 닿지 않은 채 잊혀진 듯한 이 장소는 지우의 호기심을 자극했다. 다른 아이들처럼 으스스한 장소에 대한 공포심보다는, 오히려 자신과 닮았다는 알 수 없는 끌림이 강했다. 마치 세상의 외면을 받아 함께 숨어 있는 동반자를 만난 것 같은 기분이 들었다.

지우는 조심스럽게 울타리 옆의 틈새로 몸을 구겨 넣었다. 그리고 마침내 넝쿨에 반쯤 파묻힌 건물의 정체가 드러났다. 낡고 삭아버린 철제 문 위에는 '온실'이라는 글자가 희미하게 새겨져 있었다. 한때는 싱그러운 생명으로 가득했을 공간. 하지만 지금은 그저 잊혀지고 방치된 시간의 잔해였다. 문은 굳게 닫혀 있었지만, 유리창의 일부가 깨져 그 틈으로 내부가 어렴풋이 보였다. 안에는 시들고 말라버린 식물들이 가득했다. 죽음의 기운이 감돌았지만, 그 폐허 속에서 지우는 묘한 평온함을 느꼈다. 세상의 번잡함으로부터 완전히 단절된 공간.

지우는 깨진 유리창 틈으로 손을 뻗어 안을 어루만져 보았다. 차가운 유리와 흙먼지의 감촉이 손끝에 닿았다. 이곳은 분명, 그 어떤 시선으로부터도 자유로운 곳이었다. 자신만의 작은 세계를 만들 수 있는 유일한 장소. 지우는 이 버려진 온실이 자신을 위한 숨구멍이 되어줄 것이라고 직감했다.

시들어 가는 화분들과의 첫 만남

 지우는 삐걱거리는 온실 문을 조심스럽게 밀었다. 한쪽 문은 이미 경첩이 녹슬어 주저앉아 있었고, 반대쪽 문마저도 지우의 작은 힘으로 겨우 열렸다. 온실 안으로 들어선 지우는 퀴퀴한 흙냄새와 함께 차갑고 습한 공기에 휩싸였다. 한낮의 햇살은 유리창에 쌓인 먼지와 흙때문에 제 역할을 하지 못했고, 온실 안은 어둑하고 음산한 기운이 감돌았다. 마치 시간이 멈춘 듯, 과거의 흔적만이 그대로 박제되어 있는 공간이었다.
 한때는 푸른 생명으로 가득했을 온실은 이제 거대한 식물들의 무덤이 되어 있었다. 여기저기 흩어져 깨진 화분 조각들이 뒹굴었고, 흙은 바싹 말라 하얗게 들떠 있었다. 녹슨 선반 위에는 이름 모를 식물들이 미라처럼 말라 비틀어져 있었다. 잎은 갈색으로 변해 바스락거렸고, 줄기는 가늘고 검게 말라붙어 있었다. 어떤 식물들은 아예 형체도 없이 흙으로 돌아간 듯 화분만 덩그러니 남아 있었다. 그 중에는 한때 탐스러운 꽃을 피웠을 법한 화려한 난초 화분도 있었지만, 이제는 꺾인 줄기만이 허망하게 솟아 있었다. 마치 오래전에 버려진 꿈들처럼, 그 어떤 생명력도 찾아볼 수 없는 모습이었다.

지우는 발밑에 뒹구는 작은 돌멩이를 툭 차며 안쪽으로 더 깊이 들어섰다. 햇살이 그나마 조금 더 스며드는 곳에 놓인 선반 아래, 키 작은 화분 몇 개가 눈에 들어왔다. 다른 식물들처럼 완전히 죽어버린 건 아니었지만, 분명 죽어가는 중이었다. 한쪽에는 잎 끝이 노랗게 변색되고 축 늘어진 작은 관엽식물이 있었다. 마치 힘든 하루를 보낸 사람처럼, 모든 기력을 잃은 듯 지쳐 보였다. 다른 화분에는 희미하게 푸른빛을 띠고 있는 풀잎 몇 가닥이 겨우 버티고 있었지만, 줄기는 가늘고 약해 금방이라도 쓰러질 것 같았다. 물 한 방울 제대로 공급받지 못한 채 버티고 있는 위태로운 생명이었다.

 지우는 가장 가까이에 있는 시든 화분 앞에 쪼그려 앉았다. 손을 뻗어 조심스럽게 노란 잎사귀를 만져 보았다. 손가락 끝에 닿는 촉감은 딱딱하고 건조했다. 생기라고는 찾아볼 수 없는, 바스락거리는 촉감이었다. 마른 흙냄새가 코를 찔렀다.

지우는 문득 그 시들어가는 화분이 마치 자기 자신 같다는 생각을 했다. 불안한 집과 차가운 학교에서 아무도 자신에게 따뜻한 관심과 보살핌을 주지 않았을 때, 지우의 마음도 저 식물들처럼 서서히 말라갔었다. 세상의 온기에서 고립된 채, 위태롭게 버텨왔던 자신. 그래서일까, 이 시들어가는 식물들에게서 왠지 모를 동질감과 함께 깊은 연민이 느껴졌다.

'나처럼 힘들었겠구나.'

지우의 눈에는 말라비틀어진 잎 하나하나에 담긴 식물의 고통이 선명하게 보이는 듯했다. 물 한 방울만 있으면, 작은 관심만 있으면, 다시 푸르러질 수 있을 것 같은데. 아무도 돌보지 않아 결국 이렇게 죽어가고 있는 모습이 마치 외면받았던 자신의 시간들과 겹쳐졌다. 이곳에 도착하기 전까지 자신이 얼마나 목말랐는지, 얼마나 허기져 있었는지를 이제야 깨달은 듯했다.

지우는 주위를 둘러보았다. 깨진 유리창 틈으로 비집고 들어온 바람이 온실 안을 한 바퀴 휘돌았다. 흩어진 흙먼지가 작은 빛줄기 속에서 아련하게 반짝였다. 아무도 찾지 않는 이곳. 버려지고 잊혀진 것들만 존재하는 이곳. 하지만 지우의 눈에는 이제 이곳이 단순한 폐허로 보이지 않았다. 죽음의 기운 속에서도, 미약하지만 분명하게 버티고 있는 생명의 끈을 발견했다. 완전히 희망을 놓지 않은 식물들.

  지우는 품속에 있던 빈 페트병을 꺼내 들었다. 아직 아무것도 들어 있지 않은 텅 빈 병이었다. 마치 자신의 마음처럼. 그러나 이 병에 물을 채우고, 저 시들어가는 식물들에게 나누어 줄 수만 있다면. 어쩌면 그들처럼 자신도 다시 살아날 수 있을지 모른다는 막연한 기대감이 지우의 가슴 한켠에서 조용히 움텄다. 작은 생명체에 대한 연민은 이제 지우의 마음을 돌보는 첫걸음이 될 참이었다.

왠지 모르게 마음이 쓰이는 이유

 지우의 눈은 시들어가는 화분들에서 좀처럼 떨어지지 않았다. 바싹 마른 줄기와 갈색으로 변색된 잎사귀들, 그리고 생기를 잃고 축 늘어진 채 겨우 숨만 쉬는 듯한 모습들. 그 풍경은 분명 황량하고 쓸쓸했지만, 지우에게는 기이하게도 낯설지 않았다. 아니, 너무나 익숙하고 아픈 풍경이었다. 마치 자신의 내면을 들여다보는 것 같았다.
 가장 먼저 눈에 들어온 것은 선반 아래 놓인 이름 모를 관엽식물이었다. 잎 끝이 노랗게 변색되고 축 늘어진 모습은, 매일 아침 거울 앞에서 보던 지우 자신의 초췌한 얼굴과 겹쳐졌다. 밤새 부모님의 날 선 대화에 잠 못 이루고, 학교에서는 투명인간처럼 존재하며 온 신경을 곤두세웠던 나날들. 그

긴장과 불안 속에서 지우의 마음은 늘 지쳐 있었다. 어떤 희망도, 어떤 기대도 없이 그저 오늘 하루를 버티는 것에만 급급한 삶. 그 관엽식물은 지우가 홀로 감내해야 했던 메마르고 지친 시간들을 그대로 보여주는 듯했다. 숨 막히는 불안 속에서 축 늘어져가는 잎처럼, 지우의 마음도 그렇게 시들어갔던 것이다.

흙도 물도 없이 겨우 버티고 있는 작은 풀잎 몇 가닥을 보았을 때, 지우의 가슴에는 먹먹함이 밀려왔다. 가늘고 약한 줄기가 금방이라도 꺾일 듯 위태로워 보였다. 그 모습은 차가운 집에서 매일 밤 숨죽여 지냈던 지우의 어린 시절과 겹쳐졌다. 언제 터질지 모르는 폭탄 같은 상황 속에서, 지우는 매 순간이 위기였다. 부모님의 시선에서 벗어나기 위해 노력했고, 그들의 갈등이 자신에게 향할까 봐 두려웠다. 사랑과 보살핌 대신, 숨쉬기조차 버거운 긴장감 속에서 홀로 버텨야 했던 시간들. 그 작은 풀잎은 온 세상의 냉기 속에서 고립된 채 겨우 숨 쉬고 있던 지우 자신의 모습이었다.

한때는 화려했을 난초 화분을 보며 지우는 고개를 숙였다. 꺾여버린 줄기, 이미 형체를 알아볼 수 없을 정도로 시들어버린 꽃잎들. 분명 아름답고 우아했을 과거가 있었을 텐데, 이제는 그저 슬픈 흔적만이 남아 있었다. 지우는 문득 자신이 잃어버린 감정들을 떠올렸다. 어린 시절의 순수한 기쁨, 해맑은 웃음, 그리고 사랑받고 있다는 따뜻한 확신. 그것들은 마치 저 난초처럼 시들어버렸고, 지우의 마음속에는 이제 희미한 잔상조차 남아 있지 않았다. 아름다웠을 시절을 빼앗기고 버려진 난초는, 지우의 상처받은 마음과 다름없었다.

 지우는 이 화분들이 물과 햇살을 받지 못해 죽어가는 것과 마찬가지로, 자신은 사랑과 관심, 그리고 온기를 제대로 받지 못해 메말라왔다는 사실을 직감했다. 그 어떤 누구도 지우에게 먼저 손을 내밀지 않았다. 학교에서나 집에서나 지우는 늘 자신을 증명하거나 보호해야 했고, 온전히 기댈 수 있는 존재는 없었다. 그 차갑고 텅 빈 공허함 속에서 지우의 존재감은 희미해졌고, 스스로를 '세상에 홀로 붕 뜬 존재'로 인식하게 되었다.

 그래서 이 화분들에게 더더욱 마음이 쓰였다. 그들을 보며 자신만이 외로운 것이 아니라는 동질감을 느꼈다. 어쩌면 그들이 지우의 마음을 대변해주고 있었다. 아무도 돌보지 않는 곳에서 홀로 죽어가고 있는 그들을 보며, 지우는 자신을 외면했던 세상을 향해 묵언의 질문을 던지는 것 같았다. '왜 아무도 우리를 보지 못하는가?'
하지만 동시에, 이 식물들에게는 아직 희미한 생명의 끈이 남아 있었다. 완전히 죽어버리지 않고, 극한의 환경 속에서도 겨우 버티고 있는 끈질김. 그 희미한 생명력에서 지우는 작은 희망을 보았다. 자신도 저들처럼 완전히 죽어버린 것이 아니라고, 아직은 다시 살아날 수 있는 아주 작은 가능성이 남아 있다고. 이들을 살려낼 수 있다면, 어쩌면 자신도 함께 다시 살아날 수 있을지도 모른다는 막연한 기대감이 지우의 가슴 깊은 곳에서 움텄다.

 시들어가는 화분들과의 만남은 지우에게 단순히 식물을 돌보는 행위를 넘어섰다. 그것은 지우 자신의 상처를 직면하고, 동시에 그 상처를 치유할 수 있는 아주 작은 첫걸음을 내딛는 순간이었다. 지우의 메마른 마음에 조용히 스며든 작은 연민과 책임감이, 이제껏 경험하지 못했던 새로운 감각으로 지우의 영혼을 흔들었다. 이제 지우는 더 이상 혼자가 아니었다. 함께 버려지고, 함께 아팠던 작은 생명들이 지우의 곁에 있었다. 그들을 돌보는 일은, 곧 자신을 돌보는 일과 다르지 않았다.

제3화

작은 손길이 만든

변화의 시작

아무도 모르게 시작된 온실 돌보기

지우의 방에는 이제 빈 페트병 여러 개와 낡은 목장갑 한 켤레, 그리고 작은 삽 하나가 추가되었다. 모두 몰래 가져온 것들이었다. 부모님은 여전히 서로에게 무관심했고, 지우에게는 더욱 그랬다. 그 덕분에 지우는 아무런 제약 없이 자신의 물건들을 '온실 도구'로 탈바꿈시킬 수 있었다.

학교가 끝나면, 지우는 더 이상 서둘러 집으로 가지 않았다. 늘 그렇듯 교실에서 마지막으로 나온 후, 재빨리 학교 뒤뜰의 오솔길로 발걸음을 옮겼다. 덤불 속으로 몸을 숨기고 녹슨 울타리의 틈새로 비집고 들어갈 때면, 마치 비밀스러운 임무를 수행하는 요원이 된 듯한 기분이 들었다. 온실은 여전히 황량했고, 퀴퀴한 흙냄새가 진동했지만, 이제 그 냄새는 지우에게 익숙한 편안함을 주었다. 지우만의 은밀한 성지였다.
 가장 먼저 한 일은 물을 길어오는 것이었다. 학교 건물 뒤편에 있는 낡은 수도꼭지는 아직 작동하고 있었다. 플라스틱 페트병에 차가운 수돗물을 가득 채워 온실로 다시 돌아오는 길은 쉽지 않았다. 물병의 무게에 어깨가 뻐근했고, 물이 찰랑이며 흐르는 소리가 들킬까 봐 노심초사했다. 하지만 온실에 도착해서 물병을 내려놓는 순간, 지우의 얼굴에는 작은 성취감이 피어났.

 지우는 시들어가는 식물들 앞에 쪼그려 앉았다. 노랗게 변색된 잎사귀들, 힘없이 축 늘어진 줄기들. 마치 누군가의 간절한 눈빛 같았다. 조심스럽게 페트병의 뚜껑을 열고, 한 방울 한 방울 흙 위에 물을 떨궜다. 마른 흙은 순식간에 물을 흡수했다. 지우는 마치 피가 통하는 것처럼 물이 흙 속으로 스며드는 것을 신기하게 바라보았다. 물 한 방울이 아까워 조금씩, 아주 조금씩 나눠서 주었다. 혹시라도 너무 많이 주어 죽어버릴까 봐, 아니면 너무 적게 주어 살려내지 못할까 봐 노심초사했다.

 흙 속에 박힌 작은 돌멩이들을 골라내고, 날카로운 나뭇조각들을 치웠다. 낡은 목장갑을 꼈지만, 손톱 밑에 흙이 박히고 손바닥은 삽질로 물집이 잡히기 일쑤였다. 아팠지만, 지우는 그런 것에 신경 쓰지 않았다. 오히려 흙의 거친 감촉이 손끝에 전해질 때마다 자신이 살아 있다는 감각이 또렷해지는 것 같았다. 흩어진 흙먼지 속에서 뿌연 햇살이 창문 틈새로 새어 들어올 때면, 지우는 작은 창살 틈으로 숨 쉬는 세상의 빛을 보는 듯한 착각에 빠졌다.

　온실에서의 시간은 다른 세상의 흐름 같았다. 집에서의 불안, 학교에서의 투명한 존재감은 온실 문밖으로 나갈 때까지 잠시 잊혔다. 오직 시들어가는 식물들과 자신만이 존재했다. 식물을 돌보는 동안 지우의 머릿속은 복잡한 생각들로 가득 차는 대신, '물이 더 필요한가?', '햇빛은 충분한가?' 같은 단순하고 명확한 고민들로 채워졌다. 그 단순함이 지우에게는 평화로웠다. 세상의 모든 복잡한 문제들이 사라지고, 오직 눈앞의 생명을 돌보는 일에만 집중할 수 있었다.

　며칠, 몇 주가 지났다. 지우의 작은 손길은 기적을 만들어 내기 시작했다. 바싹 말랐던 줄기에서 새끼손톱만 한 연둣빛 새싹이 돋아났다. 노랗게 시들어갔던 잎 끝에는 다시 푸른 기운이 돌기 시작했고, 축 늘어졌던 풀잎들은 제법 힘 있게 하늘을 향해 고개를 들었다. 심지어 아예 죽어버린 줄 알았던 어떤 화분에서는 작은 꽃봉오리가 맺히기도 했다. 지우는 그 작은 변화 하나하나를 볼 때마다 가슴이 벅차올랐다. 아무도 관심 주지 않았던 작은 생명들이 자신의 손길을 통해 다시 살아나는 모습. 그것은 지우에게 세상 무엇과도 바꿀 수 없는 성취감과 희망을 주었다.

  메말랐던 지우의 마음에 조용히 물이 스며드는 듯했다. 이 온실에서, 지우는 처음으로 '할 수 있다'는 감각을 맛보았다. 아무도 모르게 시작된 일이었지만, 지우에게는 세상 가장 의미 있는 시간이었다. 이 작고 비밀스러운 공간은 지우의 숨통을 틔워주고, 메말랐던 마음의 밭을 다시 촉촉하게 적셔주었다. 이곳에서 지우는 비로소, 존재한다는 것을 느끼기 시작했다.

화분들의 생기, 마음속 작은 온기

 지우의 방에는 이제 빈 페트병 여러 개와 낡은 목장갑 한 켤레, 그리고 작은 삽 하나가 추가되었다. 모두 몰래 가져온 것들이었다. 부모님은 여전히 서로에게 무관심했고, 지우에게는 더욱 그랬다. 그 덕분에 지우는 아무런 제약 없이 자신의 물건들을 '온실 도구'로 탈바꿈시킬 수 있었다.

 학교가 끝나면, 지우는 더 이상 서둘러 집으로 가지 않았다. 늘 그렇듯 교실에서 마지막으로 나온 후, 재빨리 학교 뒤뜰의 오솔길로 발걸음을 옮겼다. 덤불 속으로 몸을 숨기고 녹슨 울타리의 틈새로 비집고 들어갈 때면, 마치 비밀스러운 임무를 수행하는 요원이 된 듯한 기분이 들었다. 온실은 여전히 황량했고, 퀴퀴한 흙냄새가 진동했지만, 이제 그 냄새는 지우에게 익숙한 편안함을 주었다. 지우만의 은밀한 성지였다.

 가장 먼저 한 일은 물을 길어오는 것이었다. 학교 건물 뒤편에 있는 낡은 수도꼭지는 아직 작동하고 있었다. 플라스틱 페트병에 차가운 수돗물을 가득 채워 온실로 다시 돌아오는 길은 쉽지 않았다. 물병의 무게에 어깨가 뻐근했고, 물이 찰랑이며 흐르는 소리가 들킬까 봐 노심초사했다. 하지만 온실에 도착해서 물병을 내려놓는 순간, 지우의 얼굴에는 작은 성취감이 피어났다.

 지우는 시들어가는 식물들 앞에 쪼그려 앉았다. 노랗게 변색된 잎사귀들, 힘없이 축 늘어진 줄기들. 마치 누군가의 간절한 눈빛 같았다. 조심스럽게 페트병의 뚜껑을 열고, 한 방울 한 방울 흙 위에 물을 떨궜다. 마른 흙은 순식간에 물을 흡수했다. 지우는 마치 피가 통하는 것처럼 물이 흙 속으로 스며드는 것을 신기하게 바라보았다. 물 한 방울이 아까워 조금씩, 아주 조금씩 나눠서 주었다. 혹시라도 너무 많이 주어 죽어버릴까 봐, 아니면 너무 적게 주어 살려내지 못할까 봐 노심초사했다.

 흙 속에 박힌 작은 돌멩이들을 골라내고, 날카로운 나뭇조각들을 치웠다. 낡은 목장갑을 꼈지만, 손톱 밑에 흙이 박히고 손바닥은 삽질로 물집이 잡히기 일쑤였다. 아팠지만, 지우는 그런 것에 신경 쓰지 않았다. 오히려 흙의 거친 감촉이 손끝에 전해질 때마다 자신이 살아 있다는 감각이 또렷해지는 것 같았다. 흩어진 흙먼지 속에서 뿌연 햇살이 창문 틈새로 새어 들어올 때면, 지우는 작은 창살 틈으로 숨 쉬는 세상의 빛을 보는 듯한 착각에 빠졌다.

 온실에서의 시간은 다른 세상의 흐름 같았다. 집에서의 불안, 학교에서의 투명한 존재감은 온실 문밖으로 나갈 때까지 잠시 잊혔다. 오직 시들어가는 식물들과 자신만이 존재했다. 식물을 돌보는 동안 지우의 머릿속은 복잡한 생각들로 가득 차는 대신, '물이 더 필요한가?', '햇빛은 충분한가?' 같은 단순하고 명확한 고민들로 채워졌다. 그 단순함이 지우에게는 평화로웠다. 세상의 모든 복잡한 문제들이 사라지고, 오직 눈앞의 생명을 돌보는 일에만 집중할 수 있었다.

 며칠, 몇 주가 지났다. 지우의 작은 손길은 기적을 만들어 내기 시작했다. 바싹 말랐던 줄기에서 새끼손톱만 한 연둣빛 새싹이 돋아났다. 노랗게 시들어갔던 잎 끝에는 다시 푸른 기운이 돌기 시작했고, 축 늘어졌던 풀잎들은 제법 힘 있게 하늘을 향해 고개를 들었다. 심지어 아예 죽어버린 줄 알았던 어떤 화분에서는 작은 꽃봉오리가 맺히기도 했다. 지우는 그 작은 변화 하나하나를 볼 때마다 가슴이 벅차올랐다. 아무도 관심 주지 않았던 작은 생명들이 자신의 손길을 통해 다시 살아나는 모습. 그것은 지우에게 세상 무엇과도 바꿀 수 없는 성취감과 희망을 주었다.

　메말랐던 지우의 마음에 조용히 물이 스며드는 듯했다. 이 온실에서, 지우는 처음으로 '할 수 있다'는 감각을 맛보았다. 아무도 모르게 시작된 일이었지만, 지우에게는 세상 가장 의미 있는 시간이었다. 이 작고 비밀스러운 공간은 지우의 숨통을 틔워주고, 메말랐던 마음의 밭을 다시 촉촉하게 적셔주었다. 이곳에서 지우는 비로소, 존재한다는 것을 느끼기 시작했다.

　온실의 유리창에 쌓였던 먼지들이 걷히면서, 오후의 햇살이 온실 안으로 더 깊숙이 파고들기 시작했다. 빛을 받은 식물들은 더욱 선명한 녹색을 띠었고, 작은 새잎들은 마치 손바닥을 펼치듯 기지개를 켰다. 지우는 매일 온실에 들를 때마다, 식물들이 자신을 향해 더 푸르게 웃어주는 것 같았다. 그 작은 생명들은 지우의 보살핌에 정직하게 반응하며, 그 어떤 보답보다도 값진 생명의 기운을 돌려주었다.

　가장 먼저 눈에 띄게 변한 것은 가장 먼저 지우의 마음을 아프게 했던 노란 관엽식물이었다. 지우의 꾸준한 물과 햇볕 덕분에, 시들었던 노란 잎들은 떨어져 나가고, 그 자리에서 새로운 연둣빛 잎사귀들이 봉긋하게 솟아났다. 이파리들은 점점 더 선명한 녹색을 띠며 윤기를 머금었고, 힘없이 축 늘어졌던 줄기는 이제 꼿꼿하게 허리를 세웠다. 마치 힘든 시련을 이겨내고 당당하게 선 사람처럼 보였다. 그 모습을 볼 때마다 지우의 가슴 한구석이 뭉클해졌다. 저 식물에게 일어난 변화가, 분명 자신에게도 일어날 수 있는 일이라고 생각했다.

죽어가던 풀잎 몇 가닥이 간신히 버티고 있던 화분에서도 놀라운 일이 생겼다. 지우가 가져다 놓은 퇴비와 규칙적인 물 덕분에, 풀뿌리가 점점 더 넓게 흙 속으로 퍼져나갔고, 어느새 화분 가득 푸른 풀이 무성해졌다. 이 작은 풀들은 온실 바닥의 차가운 흙을 덮으며 작은 푸른 융단을 만들어냈다. 지우는 맨손으로 그 풀들을 살짝 쓸어보았다. 부드럽고 생명력 가득한 감촉. 이 작은 풀들처럼, 지우의 텅 비어있던 마음속에도 이제 무언가 푸르게 돋아나기 시작한 것 같았다. 그리고, 죽은 줄 알았던 난초 화분에서는 연보라색 꽃봉오리가 맺히기 시작했다. 지우는 난초의 가지 끝에서 아주 작은 점으로 시작된 꽃봉오리가 날마다 조금씩 부풀어 오르는 것을 숨죽여 지켜보았다. 그 작은 꽃봉오리 하나에서, 지우는 자신에게도 꽃이 필 수 있다는 희망을 보았다. 메말랐던 마음속 깊은 곳에서, 태어나 처음으로 '기대'라는 감정이 싹텄다.

온실에서의 시간은 지우에게 단순한 노동이 아니었다. 식물들이 햇살을 받아 광합성을 하듯, 지우의 마음도 온실의 생명력과 함께 조금씩 치유되고 있었다. 이제 지우의 걸음은 더 이상 불안하게 땅을 스치지 않았다. 힘찬 생명들이 가득한 온실 안에서, 지우의 발걸음은 왠지 모르게 당당해졌다. 집에서, 학교에서 느끼던 숨 막히는 불안감과 외로움은 온실 문을 나서는 순간 잠시 뒤로 물러났다. 밤에는 잠자리에 누워 온실의 식물들을 떠올리며 스르륵 잠이 들었다. 악몽에 시달리던 시간 대신, 식물들의 푸른 잎사귀들이 지우의 꿈속을 채우기 시작했다.

지우는 자신이 식물들을 돌보는 동안, 식물들 역시 지우의 마음을 돌보고 있었다는 것을 깨달았다. 메마른 땅에 물을 주는 행위는, 사실 메마른 지우의 마음에 물을 주는 행위였다. 햇살이 가득한 온실에서 식물들이 생기를 되찾듯, 지우의 마음에도 따뜻한 온기가 스며들기 시작했다. 이제 지우는 더 이상 투명인간이 아니었다. 자신만의 온전한 공간에서, 지우는 자신이 이 세상을 변화시킬 수 있는 작은 힘을 가졌음을 깨달았다. 비록 아무도 모르는 아주 작은 시작이었지만, 그것은 지우의 텅 빈 세상에 온기를 불어넣는 가장 중요한 변화였다.

나만의 비밀 아지트가 생기다

온실은 이제 지우에게 단순한 버려진 공간이 아니었다. 푸른 생기가 차오르면서, 그곳은 지우만의 비밀스러운 왕국이 되었다. 학교가 끝나면 지우는 망설임 없이 발걸음을 온실로 향했다. 아무도 모르는 덤불 속 오솔길을 따라 걸어 들어갈 때면, 마치 세상의 소음과 불안으로부터 자신을 격리하는 의식이라도 치르는 듯했다. 녹슨 울타리의 틈새로 몸을 비집고 들어서는 순간, 지우의 세상은 완전히 다른 시공간으로 변모했다.

온실 문을 닫는 순간, 바깥세상의 모든 소음과 시선이 차단되었다. 교실의 왁자지껄한 소리도, 집안의 싸늘한 침묵도, 그 모든 것이 온실 유리창 바깥으로 밀려났다. 오직 흙냄새와

풀잎 냄새, 그리고 물을 줄 때 졸졸 흐르는 소리만이 온실을 채웠다. 지우는 이곳에서만큼은 더 이상 '투명인간'이 아니었다. 불안에 떨며 숨죽일 필요도 없었고, 다른 이의 시선을 의식하며 자신을 감출 필요도 없었
다. 이곳에서는 지우가 숨을 쉬는 소리, 움직이는 소리, 작은 중얼거림까지도 모든 생명에게 아무런 방해가 되지 않는 자연스러운 소음이었다.

　온실은 지우가 유일하게 가면을 벗을 수 있는 곳이었다. 집에서는 착하고 조용한 딸의 역할을 해야 했고, 학교에서는 존재감 없는 아이로 숨어 지내야 했다. 그러나 온실에서는 모든 역할극이 필요 없었다. 화분 앞에 쪼그려 앉아 식물의 잎을 어루만지고, 흙을 갈아주고, 시든 꽃잎을 따낼 때면, 지우는 오롯이 '지우' 자신으로 존재할 수 있었다. 손에 묻은 흙과 옷에 묻은 풀물이 지우를 편안하게 했다. 완벽해야 한다는 강박도, 남에게 잘 보여야 한다는 부담도 없이, 그저 식물과 함께 호흡하는 시간을 보낼 수 있었다.

　지우는 온실 안에서 자기만의 방식으로 시간을 보냈다. 때로는 윤 선생님이 오신 후, 선생님과 함께 식물에 관한 책을 읽기도 하고, 새로 들인 씨앗에 대해 이야기를 나누기도 했다. 또 어떤 날은 햇살 가득한 온실 구석에 앉아 낡은 수첩을 꺼내 들었다. 수첩에는 온실의 식물들이 어떻게 변해가는지,

어떤 새싹이 돋아났는지, 어떤 풀이 무성해졌는지에 대한 지우만의 관찰 기록이 빼곡히 채워졌다. 지우는 이 기록을 통해 온실 속 생명들과의 교감을 더욱 깊이 느꼈다. 말은 통하지 않아도, 식물들의 성장은 지우에게 무언가를 이야기 해주고 있었다.

이곳은 지우의 작은 왕국이었다. 지우는 온실 속의 모든 화분을 자신의 백성처럼 아끼고 돌보았다. 죽어가던 풀뿌리, 말라가던 관엽식물, 그리고 이제는 꽃봉오리를 맺기 시작한 난초까지. 그 모든 생명은 지우의 보살핌 속에서 생기를 되찾았고, 그 생기는 다시 지우에게 따뜻한 온기를 선물했다. 세상은 지우에게 아무것도 주지 않았지만, 이 온실에서 지우는 비로소 '나도 무언가를 해낼 수 있다'라는 작은 희망을 발견했다. 자신의 존재가 누군가에게-비록 식물들이지만- 필요한 존재라는 사실이, 지우에게는 말로 표현할 수 없는 위로가 되었다.

외로움은 여전히 지우의 삶에 깊이 뿌리내려 있었지만, 온실에서만큼은 그 외로움이 희석되는 것을 느꼈다. 이제 지우는 '세상에 홀로 붕 뜬 존재'가 아니었다. 흙이라는 단단한 기반 위에 뿌리를 내리고, 따뜻한 햇살을 받으며 함께 자라는 식물들처럼, 지우의 마음에도 조금씩 뿌리가 생기고 있었다. 혼자가 아니라는 것. 자신과 같은 존재들이 이 작은 공간 안에 숨 쉬고 있다는 것. 그 사실만으로도 지우는 큰 위로를 받았다.

온실은 단순한 건물이 아니라, 지우의 가장 깊은 내면과 연결된 곳이었다. 지우가 이곳에 숨는다고 생각했지만, 사실 이곳은 지우의 진정한 자신을 만나는 곳이었다. 세상에 대한 두려움과 불안 속에서, 온실은 지우가 유일하게 안심하고 기댈 수 있는 나만의 '비밀 아지트'가 되어주었다. 그곳에서 지우는 자신을 치유하고, 다시 숨 쉴 힘을 얻었다. 그리고 알 수 없는 미래 속에서 자신만의 '별'이 뜰 수 있는 작은 공간을 발견했다.

제4화

따뜻한 어른,

윤 선생님과의 만남

온실에서 마주친 예상 밖의 인물

지우의 하루는 이제 '온실을 향해'와 '온실로부터'로 나뉘었다. 학교와 집 사이를 오가는 반복적인 고통 속에서, 온실은 지우만의 유일한 숨구멍이자, 삶의 활력이 되어주고 있었다. 두 달 남짓한 시간 동안, 온실은 놀랍도록 변해 있었다. 죽은 듯 말라붙었던 식물들은 연둣빛 새잎을 틔우고 제법 푸르러졌고, 햇살은 깨끗해진 유리창을 통해 온실 가득 쏟아져 들어왔다. 지우의 작은 손길이 만들어낸 기적이었다. 이 기적이 언젠가 누군가에게 발각될지도 모른다는 불안감이 없진 않았다. 하지만 이 온실을 포기할 수는 없었다. 이곳은 지우가 유일하게 '살아있음'을 느끼는 곳이었기 때문이다.

그날도 어김없이 방과 후 온실로 향했다. 며칠 전 새로 심은 작은 화분이 잘 자라고 있는지 확인하고 싶었다. 조심스럽게 문을 열고 들어서자, 온실 특유의 흙냄새와 싱그러운 풀냄새가 지우를 감쌌다. 지우는 늘 그랬듯이 맨 안쪽, 가장 햇살이 잘 드는 곳으로 발걸음을 옮겼다. 물뿌리개를 들고 정성스럽게 흙에 물을 주고 있는데, 등 뒤에서 인기척이 느껴졌다.

 등골이 오싹했다. 심장이 발밑으로 쿵 떨어지는 것 같았다. 순간 모든 것이 정지한 듯했다. 이 비밀스러운 공간을 침범한 누군가의 발자국 소리. 숨도 쉬지 못하고 몸을 얼어붙인 채로 지우는 눈만 굴려 인기척의 주인을 확인하려 했다. 망치로 머리를 한 대 맞은 듯한 충격이었다. 뒤돌아본 곳에는 다름 아닌 윤혜진 미술 선생님이 서 있었다.

 윤 선생님은 푸른색 작업복 차림에 어깨에는 카메라를 메고 계셨다. 교실에서 보던 단정한 모습과는 사뭇 달랐다. 머리카락은 바람에 살짝 헝클어져 있었고, 얼굴에는 환한 미소가 걸려 있었다. 선생님은 지우를 발견하고도 놀란 기색 없이 부드러운 눈빛으로 지우와 온실을 번갈아 바라보고 계셨다.

 "지우... 니가 여기를 이렇게 만든 거니?"

 선생님의 목소리는 상냥했고, 그 어떤 추궁이나 질책의 기색도 없었다. 하지만 지우는 이미 몸이 굳어버린 뒤였다. '버려진 공간을 무단 사용한 죄', '선생님께 거짓말을 한 죄', '규칙을 어긴 죄'… 머릿속으로 수많은 죄목들이 스쳐 지나갔다. 분명 혼날 거야. 당장 교장실로 끌려가 부모님께 연락하라고 하겠지. 그러면 또 부모님은 짜증을 내실 테고. 지우는 고개를 푹 숙인 채 아무 말도 하지 못했다. 심장은 여전히 미친 듯이 뛰어댔고, 손에는 땀이 흥건했다. 당장이라도 도망치고 싶었지만, 발은 땅에 박힌 듯 움직여지지 않았다.

"와... 정말 놀랍다." 윤 선생님은 지우의 반응에는 아랑곳하지 않고 천천히 온실 안을 둘러보셨다. 선생님의 시선이 시들어갔던 식물들이 다시 생기를 찾은 곳에 멈췄다. "얼마 전까지만 해도 여기는 완전히 폐허였는데. 지우 너의 손길로 이렇게 아름답게 변할 줄이야."

선생님은 한쪽 무릎을 꿇고 지우가 가장 아끼는 작은 새싹 화분에 얼굴을 가까이 대셨다. 그리고는 환하게 웃으시며 말씀하셨다. "작은 생명 하나하나에 이렇게 진심을 담는 아이가 있었다니. 정말 멋지다, 지우."

'멋지다'는 말. 난생처음 들어보는 칭찬이었다. 부모님은 늘 지우에게 차분하고 말 잘 듣는 아이가 되라고만 하셨다. 학교에서도 지우는 그저 조용하고 눈에 띄지 않는 아이일 뿐이었다. 자신의 행동이 누군가에게 '멋지다'는 평가를 받을 수 있다는 것은 지우에게 충격과 같았다. 고개를 들자 윤 선생님의 따뜻한 눈빛이 지우를 응시하고 있었다. 그 눈빛에는 비난이나 실망감 대신, 순수한 놀라움과 깊은 관심이 담겨 있었다.

선생님은 천천히 몸을 일으켜 지우에게 다가오셨다. 그리고 지우의 어깨에 조심스럽게 손을 얹으셨다. 낯선 체온이 지우의 어깨를 통해 스며들었다. "지우야, 혼자서 여기 다 돌봤니? 정말 대단한 노력이다. 힘들지 않았니?"

윤 선생님의 부드러운 목소리, 따뜻한 눈빛, 그리고 어깨에 얹힌 손길이 지우의 얼어붙었던 마음을 서서히 녹이는 듯했다. 혼자서 이 모든 것을 감당해야 했던 지난날의 고단함이 한순간에 밀려왔다. 혼내거나 탓하지 않고, 그저 진심으로 자신을 이해해주려는 그 눈빛 앞에서, 지우는 꾹꾹 눌러 담았던 감정들이 목구멍까지 차오르는 것을 느꼈다. 눈시울이 뜨거워졌다. 온실의 햇살만큼이나 따뜻한 윤 선생님의 미소가 지우의 시야에 가득 차올랐다. 지우는 난생 처음, 자신을 마주한 누군가에게 온전히 마음을 열어도 괜찮을지도 모른다는 생각을 하게 되었다. 예상 밖의 인물과의 만남은, 지우의 잿빛 세상에 가장 눈부신 색깔을 불어넣는 시작이었다.

혼내는 대신 건넨 이해와 격려

"지우야, 혼자서 여기 다 돌봤니? 정말 대단한 노력이다. 힘들지 않았니?"

윤 선생님의 목소리는 온실의 햇살만큼이나 부드럽고 따뜻했다. 지우의 어깨에 얹힌 선생님의 손길은, 차갑게 얼어붙었던 지우의 마음을 녹이는 듯했다. '힘들지 않았냐'는 그 한마디는 지우에게 충격과 같았다. 지금까지 지우의 삶에서 그 누구도 그런 종류의 질문을 해준 적이 없었다. 그저 자신의 존재를 감추고, 아픔을 드러내지 않는 것에 익숙했던 지우에게, 윤 선생님은 감히 들키고 싶지 않았던 가장 약한 부분을 어루만지는 듯했다.

지우는 고개를 푹 숙인 채 아무 말도 하지 못했다. 하지만 눈시울은 이미 뜨거워지고 있었다. 코끝이 찡했고, 목울대가 서럽게 울렸다. '힘들었니?' 질문 하나에 그동안 꾹꾹 눌러 담았던 외로움과 서러움이 북받쳐 오르는 것 같았다. 지우는 간신히 떨리는 목소리를 가다듬었다.

"죄송합니다… 제가… 허락 없이 들어와서…."

지우의 말은 죄책감과 두려움으로 뒤섞여 있었다. 선생님은 지우의 말을 끊지 않고 조용히 들어주셨다. 지우가 말을 마치자, 윤 선생님은 어깨에 얹었던 손을 지우의 등 위로 옮겨 조심스럽게 쓸어주었다. 마치 상처받은 작은 동물을 달래듯 부드러운 손길이었다.

"죄송할 필요 없어, 지우야. 오히려 고마워해야 할 걸. 이 온실은 오랫동안 방치되어서 완전히 죽은 공간이나 다름없었거든. 그 누구도 관심을 갖지 않았고, 아무도 손대려 하지 않았어. 그런데 지우 네 덕분에 이곳이 다시 숨을 쉬게 된 거야."

선생님의 말은 마치 마법 같았다. '무단 침입'이라는 죄책감에 갇혀 있던 지우의 어깨에서 무언가 무거운 짐이 덜어지는 듯했다. 윤 선생님은 지우의 행동을 '잘못'이라고 규정하는 대신, '의미 있는 행동'으로 해석해주셨다. 버려진 온실에 생명을 불어넣은 지우의 선한 의지와 노력을 알아봐주신 것이다.

윤 선생님은 지우의 어깨에서 손을 떼고 지우의 눈을 마주 보셨다. 그 눈빛은 여전히 따뜻하고 이해심 가득했다. "이곳이 지우 너에게 어떤 의미였을까? 분명 뭔가 이유가 있었겠지?"

직설적으로 '왜 그랬니?'라고 묻는 대신, 지우의 내면을 들여다보려 하는 질문이었다. 지우는 여전히 아무 말도 하지 못했지만, 윤 선생님은 조용히 기다려주셨다. 재촉하지 않고, 판단하지 않고, 그저 지우가 마음의 준비를 할 때까지 기다려주는 그 인내심이 지우에게는 너무나 귀했다.

오랜 침묵 끝에, 지우는 간신히 입을 열었다. "그냥… 시든 게… 저 같아서…." 지우의 목소리는 작고 가늘었지만, 윤 선생님은 그 작은 속삭임 하나 놓치지 않고 귀 기울여 들으셨다.

"아, 그랬구나." 선생님은 조용히 고개를 끄덕이셨다. "맞아, 때로는 세상의 어떤 것들이 우리 마음을 너무나 꼭 닮아 있을 때가 있어. 시들고 메마른 모습, 누구의 관심도 받지 못하고 버려진 듯한 모습. 하지만 중요한 건, 그런 모습 속에서도 다시 생명을 피워내려는 의지가 있다는 거야. 지우 네가 그랬던 것처럼."

윤 선생님의 이해와 격려는 지우의 마음에 잔잔한 파문을 일으켰다. 윤 선생님은 지우의 상황을 설명하려 애쓰지 않아도, 굳이 힘든 마음을 토로하지 않아도, 마치 거울처럼 지우의 내면을 비춰주고 있었다. 이 어른은 자신을 혼내는 대신, 자신을 이해하려 하고 있었다. 그리고 지우의 행동을 '잘못'이 아니라 '용기'라고, '선함'이라고, '가능성'이라고 이야기해 주고 있었다.

"이곳이 지우에게 그렇게 특별한 공간이었다면, 계속 함께 지켜나가자. 어때?" 선생님은 온실 안의 식물들을 천천히 둘러보며 말씀하셨다. "너 혼자 다 돌보는 건 분명 힘들었을 거야. 이제 내가 도와줄게. 같이 이곳을 지켜나가자. 그리고 혹시 필요하다면, 언제든지 나에게 기대도 좋아."

'혼내는 대신 건넨 이해와 격려'는 지우의 삶에서 낯선 경험이었다. 그것은 지우를 비난하고 평가하는 대신, 지우의 존재 자체를 따뜻하게 감싸 안는 위로였다. 그 순간, 지우의 마음속에는 비로소 '기댈 수 있는 어른'이라는 존재가 새겨졌다. 메마른 땅에 단비가 내리듯, 지우의 닫힌 마음에 윤 선생님의 따스한 온기가 깊숙이 스며들기 시작했다. 지우의 눈에서 마침내 참아왔던 눈물이 주르륵 흘러내렸다. 그것은 서러움의 눈물이 아니라, 난생처음 받아보는 진심 어린 이해와 위로에 대한 감격의 눈물이었다.

함께 화분을 돌보자는 제안

"지우야, 혼자 이 넓은 온실을 다 돌보는 건 힘들 텐데. 나랑 같이 해볼래? 그리고 그림도 가르쳐줄게. 이 예쁜 풍경들을 그림으로 남기는 건 어때?"

윤 선생님은 따뜻하게 웃으며 지우에게 손을 내밀었다. 눈에서 흐르는 뜨거운 눈물방울을 닦지도 못한 채, 지우는 멍하니 선생님의 손을 바라보았다. 그 손은 따뜻하고 부드러웠으며, 굳건함이 느껴졌다. 거절할 이유가 없었다. 아니, 감히 거절할 생각조차 들지 않았다. 혼자서 숨죽여 지켜왔던 비밀스러운 공간을, 이제는 누군가와 함께 나눌 수 있다는 생각에 지우의 가슴이 벅차올랐다.

"네… 선생님…."

지우의 목소리는 너무 작아서 윤 선생님에게 들리지 않았을지도 모른다. 하지만 선생님은 지우의 눈빛에서 그 진심을 읽은 듯했다. 윤 선생님은 지우의 눈물을 닦아주고, 환하게 미소 지었다.

"좋아! 그럼 오늘부터 우리는 이 온실의 비밀 수호대다!"

그 말에 지우의 얼굴에도 아주 희미한 미소가 떠올랐다. 태어나서 처음으로 누군가와 '함께' 무언가를 한다는 생각에 마음속에 따스한 바람이 불어왔다. 혼자서 짊어졌던 불안과 외로움이 온실 문틈 사이로 새어 나가는 것처럼 가벼워졌다.

그날부터 지우는 방과 후 온실로 향하는 발걸음이 더욱 가벼워졌다. 더 이상 비밀을 감추기 위해 주위를 두리번거리지 않았다. 온실 문을 열면 늘 윤 선생님이 계셨다. 때로는 화분을 옮기며 흙투성이가 된 모습으로, 때로는 작은 메모지에 식물들의 특징을 기록하며 연구하는 모습으로. 선생님은 지우가 도착하면 늘 따뜻한 미소와 함께 새로운 이야기를 건네셨다.

"지우야, 이 아이 이름은 알로카시아야. 잎이 꼭 코끼리 귀 같지 않니? 물을 아주 좋아하는 친구라서 자주 관심 가져줘야 해."

선생님은 식물 하나하나를 소개하며 마치 오랜 친구를 소개하듯 이름을 불러주셨다. 지우는 선생님의 말에 귀 기울여 식물들을 알아갔다. 윤 선생님은 지우가 직접 식물을 돌볼 기회를 주셨고, 필요한 도구들을 함께 준비해주셨다. 낡은 물뿌리개 대신 예쁜 새 물뿌리개를 가져다주시고, 작은 손삽과 장갑도 놓아주셨다. 이 모든 것이 지우에게는 생애 처음 느껴보는 따뜻한 관심이었다.

윤 선생님과의 시간은 지우에게 새로운 세상을 열어주었다. 그림 수업도 그 중 하나였다. 선생님은 온실의 풍경이나 식물들을 그림으로 담아보는 것을 제안했다. 지우는 처음에는 붓을 쥐는 것조차 어색해했고, 선 하나 긋는 것도 망설였다. 자신의 잿빛 세상을 그림으로 표현할 자신이 없었다. 하지만 윤 선생님은 지우의 서툰 그림에도 늘 칭찬을 아끼지 않았다. "지우의 그림은 조용하지만, 그 안에 강한 생명력이 담겨 있어. 다른 사람들은 보지 못하는 것들을 지우는 볼 수 있구나."

선생님의 칭찬은 지우가 붓을 놓지 않게 하는 힘이 되었다. 지우는 온실의 햇살이 잎사귀에 비치는 순간, 물방울이 이슬처럼 맺힌 모습, 새로 돋아나는 여린 새싹의 움직임을 그림으로 담았다. 그 순간만큼은 세상의 모든 불안감과 외로움이 사라지는 듯했다. 그림은 지우가 자신의 내면과 소통하는 새로운 방식이 되었고, 말로 표현하기 힘들었던 감정들을 풀어내는 통로가 되었다.

온실에서의 시간은 단순한 노동이 아니었다. 그것은 서로에게 마음을 열고, 삶의 활력을 찾아가는 과정이었다. 윤 선생님은 지우에게 식물에 대한 지식뿐 아니라, 사람에 대한 따뜻한 시선과 소통하는 방법을 가르쳐주셨다. 지우의 말을 인내심 있게 기다려 주시고, 지우의 작은 행동 하나하나에 숨겨진 의미를 찾아 격려해 주셨다. 윤 선생님과의 만남은 지우의 닫힌 마음에 아주 천천히, 그러나 확실하게 스며들었다. 지우는 이 어른의 손을 잡고, 텅 빈 세상에서 벗어나 조금씩 발 디딜 곳을 찾아가고 있었다. 이제 지우는 더 이상 홀로 붕 뜬 채 방황하는 외로운 존재가 아니었다. 함께 화분을 돌보는 그 따뜻한 제안은, 지우의 세상에 뿌리내릴 첫 번째 연결고리가 되어주었다.

제5화

마음을 열고

세상과 연결되다

그림을 배우며 가까워진 윤 선생님

 윤 선생님의 "함께 하자"는 제안은 지우의 메마른 세상에 돋아난 최초의 푸른 새싹이었다. 이전까지 지우의 삶은 홀로 짊어져야 할 불안과 고독으로 가득했지만, 윤 선생님은 그 무거운 짐을 함께 들자고 말씀해주셨다. 온실에서 지우의 역할은 더 이상 숨어서 관리하는 '비밀 요원'이 아니라, 당당히 그 공간을 함께 가꾸는 '공동 수호대원'이 되었다.
 매일 방과 후, 지우의 발걸음은 온실로 향했다. 그곳에는 늘 윤 선생님이 계셨다. 때로는 새로운 씨앗을 심고, 때로는 흙을 갈아엎으며 식물들과 대화하는 선생님의 모습은 지우에게 신선한 충격이었다. 선생님은 지우가 도착하면 늘 따뜻한 미소와 함께 온실에서의 새로운 발견을 공유해주셨다. "지우야,

이 아이 이름은 알로카시아야. 잎이 꼭 코끼리 귀 같지 않니? 물을 아주 좋아하는 친구라서 자주 관심 가져줘야 해." 윤 선생님은 식물 하나하나를 소개하며 마치 오랜 친구를 소개하듯 이름을 불러주셨다. 지우는 선생님 말씀에 귀 기울여 식물들의 개성을 알아갔다.

 윤 선생님은 단순히 온실 일을 가르쳐주는 것을 넘어, 지우에게 그림의 세계를 열어주셨다. 온실에서의 싱그러운 풍경들을 그림으로 담아보는 것을 제안했을 때, 지우는 처음에는 붓을 쥐는 것조차 어색해했고, 선 하나 긋는 것도 망설였다. 자신의 잿빛 세상을 그림으로 표현할 자신이 없었기 때문이다. 종이 위에 빈공간이 자신을 압도하는 것 같았다. 지우는 오랫동안 자신의 마음을 숨기고 살아왔기에, 그것을 시각적으로 드러내는 일이 너무나 두렵고 서툴렀다.

 하지만 윤 선생님은 지우의 서툰 그림에도 늘 칭찬을 아끼지 않았다. "지우의 그림은 조용하지만, 그 안에 강한 생명력이 담겨 있어. 다른 사람들은 보지 못하는 것들을 지우는 볼 수 있구나." 선생님은 지우가 그린 얼룩진 꽃잎에서도 새로운 시각을 발견해 주었고, 투박한 나뭇가지에서도 굳건한 생명력을 칭찬해주셨다. 선생님의 칭찬은 지우가 붓을 놓지 않게 하는 가장 큰 힘이 되었다.

 그림을 그리는 동안, 지우는 오롯이 자신에게만 집중할 수 있었다. 온실의 유리창으로 스며드는 햇살이 잎사귀에 비치는 순간, 작은 물방울이 이슬처럼 맺힌 모습, 시들어가는 줄기에서 새로 돋아나는 여린 새싹의 움직임. 지우는 이 모든 순간을 놓치지 않고 캔버스 위에 담아냈다. 붓을 들고 물감을 섞는 동안, 세상의 모든 불안감과 외로움은 잠시 사라지는 듯했다. 그림은 지우가 자신의 내면과 소통하는 새로운 방식이 되었고, 말로 표현하기 힘들었던 감정들을 풀어내는 통로가 되었다. 무언가를 창조하고, 그것을 통해 자신의 생각과 감정을 표현한다는 것은 지우에게 난생처음 느껴보는 자유로움이었다.

윤 선생님은 지우의 그림을 보며 지우의 내면을 읽어주셨다. 지우가 그림 속에서 어떤 감정을 표현하려 했는지, 어떤 부분을 강조했는지 세심하게 질문하셨다. 지우는 어색하지만 짧은 단어들로 자신의 생각을 말하기 시작했다. "이 잎사귀는… 슬퍼 보여요…." "이 꽃은… 다시 피어날 것 같아요." 윤 선생님은 지우의 모든 표현을 진지하게 들어주셨고, 그것이 지우에게는 또 다른 용기가 되었다. 자신의 감정을 드러내도 비난받지 않고, 오히려 이해받을 수 있다는 사실을 알게 된 것이다.

윤 선생님과의 시간은 지우에게 식물에 대한 지식뿐만 아니라, 세상과 소통하는 방법을 가르쳐주었다. 선생님은 지우의 말을 인내심 있게 기다려 주셨고, 지우의 작은 행동 하나하나에 숨겨진 의미를 찾아 격려해 주셨다. 때로는 지우의 어깨를 토닥여주거나, 따뜻하게 안아주며 지우가 말로는 다 할 수 없었던 아픔까지도 보듬어주셨다. 선생님은 지우의 닫힌 마음에 아주 천천히, 그러나 확실하게 스며들었다. 지우는 이 어른의 손을 잡고, 텅 빈 세상에서 벗어나 조금씩 발 디딜 곳을 찾아가고 있었다.

 더 이상 홀로 붕 뜬 채 방황하는 외로운 존재가 아니었다. 윤 선생님과의 관계 속에서 지우는 비로소 '연결'의 의미를 깨달았다. 온실 속에서 뿌리내리는 식물들처럼, 지우의 마음에도 이제 든든한 뿌리가 내리기 시작했다. 그림을 통해 세상을 보고, 윤 선생님을 통해 그 세상을 이야기하는 법을 배우면서 지우는 '마음을 열고 세상과 연결되는' 첫 번째 통로를 발견한 것이다.

말하지 않아도 알아주는 위로의 힘

 윤 선생님과의 시간은 지우에게 새로운 종류의 편안함을 선사했다. 그것은 굳이 설명하지 않아도, 구구절절 말로 토로하지 않아도 알아주는 깊은 이해에서 오는 편안함이었다. 온실은 이미 지우에게 비밀스럽고 안전한 아지트가 되었지만, 윤 선생님의 존재는 그 온실에 따뜻하고 든든한 보호막을 덧씌우는 듯했다.
 윤 선생님은 지우에게 직접적으로 '가정 불화'나 '외로움'에 대해 묻는 법이 없었다. 하지만 선생님은 지우의 작은 행동 하나하나, 눈빛의 흔들림, 때로는 아무렇지 않은 듯 던지는 짧은 말 한마디에서 지우의 내면을 읽어내셨다. 그림을 그리다 지우의 붓놀림이 유난히 격정적일 때, 윤 선생님은 물었다. "오늘 이 빨간색은 참 뜨겁구나. 혹시… 무언가 화나는 일이 있었니?" 지우가 고개를 푹 숙이자, 선생님은 그저 지우의 어깨를 조용히 감싸 안아주셨다. 말로 설명할 필요가 없었다. 지우의 그림이, 그리고 그 침묵이 모든 것을 이야기하고 있었다.

 한번은 지우의 학교 시험 성적이 평소보다 훨씬 떨어졌을 때였다. 점수가 담긴 쪽지를 품에 쥔 채 온실로 달려온 지우는 윤 선생님 앞에서 차마 고개를 들지 못했다. 곧 집으로 날아들 야단에 대한 두려움이 지우를 짓눌렀다. 평소라면 지우는 이런 감정을 꽁꽁 숨기려 했을 것이다. 하지만 온실에서는 그럴 필요가 없었다. 윤 선생님은 지우의 불안한 기색을 단번에 알아차리셨다. 선생님은 먼저 말을 꺼내지 않으셨다. 그저 지우가 돌보던 작은 다육이 화분을 지우에게 건네셨다.

 "지우야, 이 다육이, 최근에 새잎이 많이 났지? 원래 다육이는 물을 너무 많이 주면 오히려 약해진대. 자기 안에 물을 가득 품고 있어서, 부족한 시기를 스스로 견딜 힘이 있다고 하더라고."
윤 선생님의 시선은 지우가 아닌 다육이에게 머물러 있었지만, 그 말의 의미는 지우에게 정확히 와닿았다. 자신을 향한 위로였다. 부족함속에서도 스스로 견딜 힘이 있다는 것. 시험을 못 봤다고 자신이 망가지는 것이 아니라는 것. 지우의 눈에서 뜨거운 눈물이 왈칵 쏟아졌다. 윤 선생님은 여전히 다육이를 보고 계셨지만, 이내 지우의 눈물 맺힌 손을 조용히 잡아주셨다. 말은 없었지만, 그 따뜻한 손길은 모든 것을 이해한다는 듯 지우의 마음을 감쌌다. 지우는 처음으로, 누군가에게 자신의 약한 모습을 보여도 괜찮다는 안도감을 느꼈다.

윤 선생님과의 시간은 지우에게 '침묵의 대화'를 가르쳐주었다. 매일같이 온실에 있는 식물들을 돌보며, 지우는 식물들도 말없이 자신에게 많은 것을 알려준다는 것을 깨달았다. 시든 잎은 물이 부족하다는 신호였고, 누렇게 변하는 잎은 햇빛이 너무 강하다는 메시지였다. 식물들은 말을 하지 않아도 그들의 상태를 통해 지우와 소통하고 있었다. 윤 선생님은 마치 그 식물들의 언어를 이해하듯, 지우의 감정들을 헤아려주었다.

지우의 가장 깊은 곳에 자리 잡았던 외로움은 '아무도 나를 모른다'는 절망감에서 비롯되었다. 지우의 집에서는 감정을 표현하는 것이 위험한 일이었고, 학교에서는 아무도 지우의 감정에 관심을 기울이지 않았다. 그래서 지우는 언제나 자신을 숨겼고, 숨길수록 외로움은 더 깊어졌다. 그런데 윤 선생님은 달랐다. 지우가 아무리 숨기려 해도, 선생님의 따뜻한 눈빛과 사려 깊은 행동은 지우의 가장 깊은 곳을 알아차렸다. 지우가 굳이 설명하지 않아도, 말하지 않아도, 선생님은 지우의 감정을 보듬어 주었다.

 그 위로의 힘은 지우의 삶에 전에 없던 안정감을 주었다. 거대한 파도 속에서 작은 배가 홀로 흔들리다가, 마침내 견고한 부두에 닿은 것처럼. 더 이상 모든 것을 혼자 감당하려 애쓰지 않아도 괜찮다는 깨달음. 비록 윤 선생님이 지우의 집 문제를 해결해주거나 학교에서 지우의 친구 관계를 만들어주는 것은 아니었지만, 지우의 가장 근원적인 외로움을 어루만져 주는 것만으로도 지우는 큰 힘을 얻었.

 말없이 알아주는 위로는 백 마디의 위로보다 더 강력했다. 지우의 마음은 조금씩, 아주 천천히 열렸다. 그동안 꽁꽁 싸매고 있던 상처들이 윤 선생님의 따뜻한 시선과 사려 깊은 손길 앞에서 고개를 들었다. 지우는 비로소 자신이 세상에 홀로 붕 뜬 존재가 아님을 확신하기 시작했다. 누군가 자신을 온전히 이해해주고 지지해주는 어른의 존재는 지우에게 안전한 울타리가 되어주었다. 그 울타리 안에서 지우는 자신을 치유하고, 다시 일어설 용기를 얻고 있었다.

처음으로 누군가에게 털어놓은 속마음

 윤 선생님의 따뜻한 시선과 말없는 위로는 지우의 마음에 점차 단단한 믿음을 심어주었다. 지우는 이곳, 온실 안에서만큼은 숨 막히는 침묵과 홀로 떠다니는 외로움에서 벗어나, 안심하고 숨을 쉴 수 있었다. 선생님은 지우가 다육이에게 물을 주듯, 인내심 있게 지우의 마음을 보듬어 주셨다. 급하게 캐내려 하지 않고, 그저 지우가 스스로 문을 열 준비가 될 때까지 조용히 옆자리를 지켜주셨다. 그 인내가 지우에게는 말없는 사랑이었다.
 그날은 유난히 비가 많이 내리는 날이었다. 천둥소리가 멀리서부터 으르렁거렸고, 빗줄기는 온실의 유리 지붕을 사정없이 때렸다. 온실 안은 어둑했고, 빗소리는 세상의 모든 소음을 집어삼켰다. 윤 선생님은 평소처럼 조용히 그림을 그리고 계셨고, 지우는 빗소리에 귀 기울이며 난초의 잎을 정성스럽게 닦고 있었다.

갑자기 천둥소리가 가까이서 크게 울렸다. 지우는 본능적으로 몸을 움츠렸다. 이 소리는 지우에게 낯설지 않았다. 집에서 부모님이 싸우실 때마다 듣는, 가슴을 울리는 날카로운 고성과 다름없었다. 거친 빗줄기는 퍼붓는 말들을 닮았고, 천둥소리는 감정을 억누르다 폭발하는 분노의 소리처럼 느껴졌다. 지우의 심장이 불안하게 뛰어댔다. 자신도 모르게 손에 힘을 주었는지, 닦고 있던 난초 잎이 조금 꺾이는 소리가 났다.

윤 선생님이 붓을 내려놓고 고개를 드셨다. 지우의 얼굴이 하얗게 질린 것을 본 선생님의 표정이 조용히 변했다. 선생님은 천천히 지우에게 다가오셨다. 그리고 지우의 옆에 앉아, 아무 말 없이 빗소리를 함께 들으셨다. 지우는 선생님의 어깨가 자신의 어깨에 닿는 것을 느꼈다. 따뜻하고 단단한 체온이 불안하게 흔들리던 지우의 몸을 조용히 지탱해주었다.

"천둥소리가… 지우에겐 많이 무섭게 들리는구나." 선생님이 나지막이 말씀하셨다. 평소처럼 지우를 판단하지 않고, 그저 지우의 반응을 있는 그대로 이해하려는 목소리였다.

지우는 고개를 숙였다. 꺾인 난초 잎사귀가 더 크게 다가왔다. 자신을 숨기려는 노력이 부질없다는 것을 깨달았다. 이 온실 안에서는, 윤 선생님 앞에서만큼은 모든 것을 내려놓아도 괜찮을 것 같았다. 그 순간, 지우는 지난 세월 동안 억눌렀던 모든 말들이 터져 나오려는 것을 느꼈다. 마치 댐에 갇혔던 물이 한꺼번에 쏟아져 나오려는 것처럼.

"저… 무서워요…."

지우의 목소리는 너무나 작았지만, 빗소리를 뚫고 선생님의 귀에 닿았다. 그 한마디는 굳게 닫혔던 지우의 마음을 여는 첫 번째 열쇠였다. 눈물이 터져 나왔다. 멈출 수 없었다. 울음을 삼키느라 몸을 들썩였다. 윤 선생님은 아무 말 없이 지우의 등을 부드럽게 쓰다듬어 주었다. "응… 괜찮아… 괜찮아, 지우야…"

"집이… 집이 너무 무서워요… 엄마 아빠가… 늘 싸워요… 너무 소리가… 너무 커요… 물건을 던지기도 하고… 저한테는… 아무 말씀도 안 하시는데… 늘 숨어 있어야 해요… 제가 있으면… 더 싸울까 봐… 그래서 그냥 없는 애처럼… 학교에서도 아무도… 저한테 말을 안 걸고… 저는… 혼자예요… 아무도… 아무도 저를 몰라요…."

엉망진창으로 뒤섞인 말들이 두서없이 쏟아져 나왔다. 흐느낌 때문에 말이 끊겼고, 앞뒤가 맞지 않는 부분도 있었지만, 윤 선생님은 단 한 번도 지우의 말을 끊지 않았다. 지우가 쏟아내는 모든 감정의 파편들을 그저 조용히 들어주셨다. 그 동안 꽁꽁 닫아두었던 지우의 아픔, 외로움, 불안, 그리고 그 누구에게도 말할 수 없었던 고통들이 폭우처럼 쏟아져 내렸다. 지우는 윤 선생님의 품에 안겨, 난생처음 온전하게 자신을 드러냈다.

한참을 울고 나서야 지우는 겨우 진정했다. 눈물로 얼룩진 얼굴을 들자, 윤 선생님의 눈가는 촉촉하게 젖어 있었다. 선생님은 지우의 머리를 부드럽게 쓰다듬으며 말씀하셨다. "지우야… 혼자 얼마나 힘들었을까. 혼자 그 모든 걸 감당하느라 얼마나 무서웠을까. 정말 미안하다… 아무도 알아주지 못해서…."

그제야 지우는 깨달았다. 말하지 않아도 알아주는 위로의 힘이 있었지만, 이렇게 직접 자신의 속마음을 털어놓는 것은 또 다른 차원의 치유였다는 것을. 자신을 가장 깊은 곳까지 알아주고, 위로해주고, 함께 아파해주는 어른의 존재. 윤 선생님은 지우에게 세상과 자신을 이어주는 가장 든든한 다리가 되어주셨다. 지우의 마음에는 처음으로, 온기가 아닌 '안정감'이라는 단어가 자리 잡았다. 비가 잦아든 온실 속에서, 지우의 닫혔던 마음은 이제 활짝 열리고 있었다. 세상과 자신을 연결하는 진정한 시작이었다.

제6화

온실에 모여든

상처 입은 아이들

각자의 아픔을 가진 아이들의 등장

윤 선생님에게 속마음을 털어놓은 후, 지우의 마음에는 그 어떤 비바람에도 흔들리지 않을 단단한 뿌리가 생긴 것 같았다. 매일 학교에 가는 발걸음이 예전처럼 무겁지 않았다. 집에서의 불안은 여전했지만, 온실이라는 피난처가, 그리고 윤 선생님이라는 든든한 존재가 생기면서 지우는 이제 세상의 압박을 견뎌낼 작은 힘을 갖게 되었다. 이제 온실은 더 이상 지우만의 비밀 아지트가 아니었다. 윤 선생님과 함께 가꾸는 '우리'의 공간이 되어가고 있었다.

어느 화창한 오후, 지우는 윤 선생님과 함께 온실 바닥에 돋아난 잡초를 뽑고 있었다. 문득 온실 문이 삐걱거리는 소리가 났다. 고개를 돌리자, 문가에 낯선 아이가 서 있었다. 교복을 입고 있었지만, 평범한 아이들과는 어딘가 달랐다. 머리카락은 길게 자라 눈을 가렸고, 교복 셔츠는 구겨져 있었다. 그의 얼굴에는 잔뜩 그림자가 드리워져 있었는데, 그늘진 눈빛은 세상을 향한 불신과 경계로 가득했다. 바로 같은 학년 '태준'이었다. 그는 학교에서 '문제아'로 찍혀 있었다. 늘 싸움에 휘말리고, 선생님들의 말을 무시하기 일쑤였다. 수업 시간엔 잠만 자거나 창밖을 멍하니 내다봤다. 지우는 태준과 단 한 번도 말을 섞어본 적이 없었다. 그저 멀리서 '위험한 아이'로만 인식하고 있었다.

"선생님, 저 새끼가 또 지우 괴롭혔어요!"

어쩌다 같은 반 아이가 복도에서 소리치는 것을 들었다. 지우는 얼핏 태준이 자기 자리에서 불쾌한 표정을 지으며 욕설을 내뱉는 것을 봤을 뿐이었다. 직접적으로 지우를 괴롭히는 일은 없었지만, 태준의 주위에는 늘 폭력과 날 선 분위기가 감돌았다. 그런 태준이 온실에, 그것도 윤 선생님과 함께 서 있다니. 지우는 순간 몸이 굳어버렸다.

윤 선생님은 태준에게 다가가 나지막이 이야기하셨다. "태준아, 여기가 내가 말했던 그 온실이야. 여기 있는 식물들을 그려보는 건 어때? 분명 너의 캔버스가 될 만한 좋은 소재가 많을 거야." 태준은 아무 말 없이 선생님을 바라보다가, 온실 안의 식물들을 휙 둘러보았다. 이내 고개를 숙이고 말없이 안으로 들어와 온실 한쪽 구석에 자리를 잡고 앉았다. 등에 멘 가방에서 낡은 스케치북과 연필을 꺼냈다. 지우는 그런 태준을 곁눈질하며 다시 잡초 뽑기에 집중했다. 알 수 없는 불안감이 마음 한켠에 자리 잡았다.

얼마 후, 이번엔 작은 목소리가 들려왔다. "지우야… 윤 선생님 계셔…?"

문가에 선 아이는 같은 학년의 '소미'였다. 소미는 학교에서 반장이자 모범생으로 통했다. 늘 웃는 얼굴에 완벽한 교복 차림, 좋은 성적으로 선생님과 친구들에게 칭찬받는 아이였다. 하지만 지우의 눈에는 그런 소미가 늘 아슬아슬해 보였다. 작은 실수에도 금방 얼굴이 창백해지거나, 시험 기간에는 잠을 제대로 자지 못해 눈 밑에 다크서클이 깊게 내려앉았다. 늘 불안감에 휩싸여 있었다. 완벽해야 한다는 강박이 그녀를 옥죄는 듯했다. 소미는 항상 다른 사람들의 시선을 의식하며 자신을 깎아내리고 있었다.

소미는 평소 학교에서 지우와 몇 마디 인사 외에는 별다른 교류가 없었다. 지우는 소미를 보며 '나는 가질 수 없는 완벽함'을 지닌 아이라 생각했고, 소미는 지우를 보며 '나는 가질 수 없는 평온함'을 느끼는 아이라고 여겼다. 서로가 동경하는 것과는 거리가 먼 채, 그저 같은 공간에 존재하는 것만으로 서로에게 낯선 벽을 느끼던 관계였다. 그런 소미가 온실에 찾아왔다는 것은 지우에게 뜻밖이었다.

"어, 소미야? 무슨 일로…." 윤 선생님이 반갑게 소미를 맞았다. 소미는 울음을 참는 듯 잔뜩 울먹이는 목소리로 말했다. "선생님… 제가… 제가 수행평가를… 실수했어요… 어떡해요… 망했어요…." 그녀는 평소라면 상상할 수 없을 정도로 흐트러진 모습이었다. 윤 선생님은 소미를 다독이며 조용히 온실 안으로 안내했다. 소미는 태준의 존재를 눈치챘지만, 지금 당장은 자신의 불안감이 더 컸던지 크게 신경 쓰지 못했다.

며칠 뒤, 윤 선생님의 부축을 받으며 온실에 들어선 마지막 아이는 '하준'이었다. 하준은 지우의 학교에서는 보기 힘든 아이였다. 몸이 약해서 학교에 자주 나오지 못했고, 존재 자체가 흐릿했다. 키는 또래보다 작고 여윈 몸이었다. 항상 마스크를 쓰고 있어서 그의 얼굴은 거의 보이지 않았다. 지우는 하준이 심장이 안 좋다는 소문을 들은 적이 있었다. 학교생활보다는 병원생활이 더 익숙한 아이라는 이야기를 얼핏 들었다.

"이곳이 하준이가 평화롭다고 느낄 만한 곳이었으면 좋겠다." 윤 선생님은 하준의 등을 쓸어주며 나지막이 말씀하셨다. 하준은 힘없이 고개를 끄덕였다. 그의 손에는 너덜너덜해진 작은 식물 도감이 들려 있었다. 그는 온실 안의 모든 식물들을 신기한 듯 천천히 둘러보았다. 다른 아이들처럼 활동적으로 움직이진 못했지만, 그의 눈빛은 맑고 초롱초롱했다. 책에서 보던 식물들을 직접 보는 것에 대한 기대감과 호기심이 그의 작은 눈에 가득했다.

 각자의 아픔을 가진 아이들. 세상으로부터 스스로를 고립시켰던 지우, 분노와 불신에 휩싸인 태준, 완벽주의에 갇혀 불안해하는 소미, 그리고 몸의 약함 때문에 외로움을 느끼는 하준. 이들은 온실이라는 공간에, 그리고 윤 선생님이라는 따뜻한 어른의 끈에 이끌려 하나둘 모여들었다. 처음에는 어색하고 서먹한 기류가 흘렀지만, 이 아이들이 온실이라는 공간에서 어떻게 서로를 알아가고 위로하며 '함께' 성장해 나갈지는 아무도 알지 못했다. 마치 이 온실의 시들었던 식물들처럼, 이제 새로운 만남의 씨앗이 뿌려지고 있었다.

처음엔 서먹했지만, 함께하는 시간

온실은 이제 지우, 태준, 소미, 하준, 그리고 윤 선생님까지 다섯 명의 발걸음으로 북적였다. 그러나 그들의 사이에는 아직 눈에 보이지 않는 두꺼운 벽이 존재했다. 태준은 늘 온실 한쪽 구석에 자리 잡고 앉아 그림을 그렸다. 그는 주변에 무슨 일이 일어나든 아랑곳하지 않는 듯 보였다. 스케치북에 고정된 그의 시선은 온실의 다른 사람들을 좀처럼 향하지 않았다. 그의 무관심한 태도는 다른 아이들에게 불편한 침묵을 강요하는 듯했다.

소미는 여전히 불안에 떨었다. 온실에 올 때마다 늘 뭔가에 쫓기는 사람처럼 불안해 보였다. 그녀는 식물을 돌보는 동안에도 자신의 손끝 하나하나를 과도하게 의식하는 듯했고, 작은 실수라도 할까 봐 연신 주위를 살폈다. 다른 아이들과 눈이라도 마주치면 어색하게 고개를 숙이곤 했다. 하준은 조용했다. 그는 작은 식물 도감을 품에 안고 온실 안을 천천히 돌아다녔다. 돋보기로 식물의 잎맥을 살피거나, 흙 속의 작은 벌레들을 관찰했다. 그의 세계는 식물 도감 속 지식과 돋보기 속 미세한 움직임으로 한정된 듯 보였다.

지우 역시 다른 아이들에게 쉽사리 다가가지 못했다. 윤 선생님 덕분에 마음의 문이 열렸지만, 그 문은 선생님에게만 열려 있었다. 오랫동안 자신을 숨기는 데 익숙해져 있었던 지우에게, 새로운 관계는 여전히 어렵고 낯선 영역이었다. 아이들 사이에 흐르는 어색함은 온실의 싱그러운 공기조차 무겁게 만들었다.

하지만 윤 선생님은 그 어색함을 인내심을 가지고 기다려주셨다. 윤 선생님은 아이들에게 특별한 임무를 주지 않았다. 그저 온실에 있는 식물들을 자유롭게 돌보게 했다. 함께 시든 잎을 따고, 물을 주고, 흙을 갈아주는 단순한 행위들. 그러다 보니 아이들은 자연스럽게 같은 공간에서, 같은 목표를 향해 움직였다.

어느 날, 윤 선생님은 작은 온실 개조 프로젝트를 제안했다. 깨진 유리창 일부를 보수하고, 낡은 선반을 새로 설치하는 일이었다. "모두 함께 하면 금방 끝날 수 있을 거야!" 윤 선생님의 제안에 아이들은 마지못해 고개를 끄덕였다. 가장 먼저 태준이 손에 망치를 들었다. 의외였다. 그는 능숙하게 깨진 유리창 틀을 뜯어냈다. "넌 이런 것도 잘 하는구나?" 소미가 놀라서 묻자, 태준은 대꾸도 없이 계속 작업에 열중했다. 하지만 소미의 입가에는 감탄사가 희미하게 떠올랐다.

 하준은 유리창 교체에 필요한 유리의 두께와 설치 방법을 설명했다. 그의 작은 몸과는 어울리지 않게 정확한 지식은 아이들을 놀라게 했다. "어, 하준아 그거 어떻게 알아?" 지우가 묻자, 하준은 "책에서 봤어." 라며 자신이 가져온 식물 도감만큼이나 두꺼운 건축 관련 서적을 꺼내 보였다. 그의 지식은 온실 작업에 실질적인 도움을 주었고, 그의 존재감을 드러내기에 충분했다.

 소미는 꼼꼼한 성격으로 재료 목록을 만들고, 작업을 체계적으로 정리했다. 누구도 시키지 않았는데 그녀는 스스럼없이 총괄자 역할을 해냈다. 태준이 작업한 유리창 틀에 흙먼지가 쌓여 있는 것을 발견하자, 소미는 인상을 찡그리면서도 결국 걸레를 가져와 조심스럽게 닦아냈다. 평소라면 그냥 지나쳤을 사소한 먼지였다. 완벽주의자 소미의 습관은 온실 작업을 더욱 효율적이고 깔끔하게 만들었다. 지우는 다른 아이들의 작업을 보며 필요한 도구를 건네거나, 흙을 나르는 등 묵묵히 자신의 역할을 해냈다.

함께 몸을 움직이며 땀을 흘리자, 아이들 사이의 어색함은 조금씩 녹아내리기 시작했다. 처음에는 말 한마디 없이 각자 맡은 일을 했지만, 점차 작은 대화들이 오고 갔다.

"야, 그거 그렇게 박으면 안 되는 거 아니냐?" 태준이 하준에게 망치질하는 법을 지적했다. "이렇게 하는 게 더 효율적이라고 책에 나와 있어." 하준이 물러서지 않고 대꾸했다. "아니, 그래도 이건 너무 약한데? 잘못하면 부러진다니까?" 소미가 나서서 중재했다. "잠깐! 하준이 말이 맞는 부분도 있고, 태준이 말이 맞는 부분도 있으니까, 제일 튼튼하고 안전하게 할 방법을 찾아봐야지!"

투닥거림 속에서도 아이들은 서로의 방식과 의견을 존중하기 시작했다. 그리고 서로의 능력을 알아봤다. 태준의 퉁명스러움 뒤에 숨겨진 의외의 섬세한 손재주, 하준의 약한 몸 속에 숨겨진 해박한 지식, 소미의 불안함 속에서도 빛나는 뛰어난 실행력과 꼼꼼함. 그리고 이 모든 것을 조용히 받아들이며 배려하는 지우의 모습까지.

온실 작업이 끝나고 아이들은 땀으로 범벅이 된 채 뿌듯한 미소를 지었다. 각자 고생하며 만든 결과물이 눈앞에 펼쳐져 있었다. 함께 만들어낸 온실이었다. 이 작은 성취감은 아이들 사이의 벽을 허무는 데 결정적인 역할을 했다. 흙 묻은 손을 맞잡지는 않았지만, 서로를 바라보는 눈빛에는 미묘한 유대감이 싹텄다. 처음엔 서먹했지만, 함께하는 시간은 아이들의 마음속에 작은 온기를 불어넣고 있었다. 그리고 그 온기는 더 큰 변화를 예고하는 전주곡과 같았다.

온실을 가꾸며 생긴 작은 공동체

 온실은 이제 아이들에게 단순한 '비밀 아지트'를 넘어선 공간이 되었다. 그곳은 비와 바람, 햇살을 함께 맞으며 서로의 그림자를 포개는 작은 공동체였다. 깨진 유리창을 함께 갈고, 낡은 선반을 새로 단 작업은 아이들 사이의 두꺼운 벽을 조금씩 허물기 시작했다. 이제 온실에 들어설 때면, 아이들 사이에는 더 이상 어색한 침묵이 흐르지 않았다. 서로의 작은 변화에도 민감하게 반응했고, 말하지 않아도 알아주는 무언의 교감이 생겨났다.
 태준은 여전히 말이 없었고, 종종 퉁명스럽게 툭툭 내뱉는 말들은 여전했다. 하지만 그의 손은 더 이상 스케치북에만 머무르지 않았다. 지우가 흙을 나르다 힘들면 어느새 나타나 삽을 대신 쥐어주었고, 소미가 물뿌리개에 물을 채우러 갈 때면 말없이 빈 양동이를 건네주었다. 식물들 사이에서 새로운 풀이 돋아나거나, 작년에 심어둔 꽃나무에서 꽃봉오리가 맺힐 때면 그는 가장 먼저 발견하고 "야, 이거 봐." 하고 나직이 중얼거렸다. 그의 눈빛은 전보다 훨씬 부드러워져 있었다. 세상에 대한 경계심이 온실 안에서는 조금씩 풀리는 듯했다.

소미는 여전히 완벽주의자였지만, 이제는 자신의 불안을 혼자 감당하지 않았다. 수행평가 결과가 좋지 않거나, 친구와의 사소한 다툼으로 힘들어할 때면, 소미는 어김없이 온실로 달려왔다. 그리고 눈물을 펑펑 쏟았다. 그럴 때면 지우는 소미의 옆에 조용히 앉아 아무 말 없이 등을 토닥여주었다. 태준은 그녀에게 휴지를 건넸고, 하준은 슬쩍 자신이 키우는 작은 다육이를 소미의 눈앞에 흔들어 보였다. 온실의 흙내음과 식물들의 푸른 기운 속에서 소미는 눈물을 그쳤고, 불안했던 마음을 조금씩 추슬렀다. 그녀는 이제 '완벽하지 않아도 괜찮다'는 사실을 조금씩 배우고 있었다.

하준은 아이들의 '지식 창고'이자 '평화주의자'가 되었다. 온실에서 문제가 생기면 아이들은 가장 먼저 하준을 찾았다. "하준아, 이 잎이 왜 노랗게 변하는 걸까?", "이 벌레는 식물한테 해로운 거야?" 그는 작은 도감과 자신의 지식을 총동원해 자세하고 친절하게 설명해주었다. 그의 지식은 아이들의 흥미를 자극했고, 온실을 돌보는 일이 단순한 노동이 아니라 '함께 탐험하는 여정'처럼 느껴지게 했다. 하준은 더 이상 몸이 아파 학교에 가지 못할 때면 불안해하지 않았다. 온실의 친구들이 자신을 기다리고 있다는 것을 알았기 때문이었다.

지우는 이들을 조용히 연결하는 끈이 되었다. 태준이 만든 투박하지만 진심 어린 그림들을 가장 먼저 알아봐 주었고, 소미의 불안한 마음에 가장 먼저 공감했다. 하준의 지식을 존중하고 그의 작은 움직임 하나하나에도 귀 기울였다. 온실에서 아이들은 서로에게 부족한 부분을 채워주었고, 말로 다 하지 못하는 마음을 이해해 주었다. 온실은 각자의 아픔을 지닌 아이들이 서로의 상처를 들여다보고, 덧대어주고, 함께 아물게 하는 치유의 공간이었다.

한번은 장마가 길게 이어져 온실의 햇살이 부족하고 습도가 높아지자, 식물들이 다시 시들기 시작했다. 아이들은 불안해하며 어쩔 줄 몰라 했다. 태준은 잔뜩 짜증을 냈고, 소미는 금방이라도 울음을 터뜨릴 듯 했다. 하준마저도 도감만 들여다보며 해답을 찾지 못했다. 그때 윤 선생님이 말씀하셨다. "얘들아, 식물은 혼자서만 크는 게 아니야. 서로 기대고, 서로에게 힘을 주면서 함께 자라나는 거야. 우리도 그렇지 않니? 너희는 이제 혼자가 아니잖아."

그 말에 아이들은 서로를 돌아보았다. 그리고 각자의 자리에서 자신이 할 수 있는 최선을 다했다. 태준은 그림으로 비 오는 온실 풍경을 더욱 생기 있게 그려 넣었고, 소미는 눅눅해진 온실을 환기시키기 위해 환기 시스템을 점검했다. 하준은 식물들의 컨디션을 최대한 좋게 유지할 방법을 찾아냈고, 지우는 흙의 상태를 조절하며 식물들의 뿌리를 살폈다.

장마가 끝나고 햇살이 다시 온실을 채웠을 때, 식물들은 이전보다 더욱 짙은 녹음을 뽐냈다. 아이들 사이의 유대감은 그 어떤 폭풍에도 흔들리지 않을 만큼 단단해졌다. 온실은 이제 그들의 두 번째 집이자, 또 다른 가족의 품이었다. 이곳에서 아이들은 비로소 자신들을 있는 그대로 받아주는 따뜻한 공간을 찾았고, 서로의 손을 잡고 함께 걸어갈 작은 공동체를 이룰 수 있었다. 그리고 알았다. 혼자가 아니라는 것. 함께라면 그 어떤 어려움도 이겨낼 수 있다는 것을. 온실은 그렇게 아이들의 마음에 굳건한 뿌리를 내리며, 든든한 '별이 뜨는 자리'가 되어가고 있었다.

제7화

함께 자라나는

관계의 힘

서로에게 조금씩 마음을 열다

 온실은 이제 아이들에게 '숨구멍'이자 '쉼터'였다. 6.3에서 아이들이 힘을 합쳐 온실을 보수하고 가꾸면서, 그들의 관계는 단순한 동료를 넘어선 작은 공동체가 되었다. 비바람이 몰아치고 햇살이 내리쬐는 모든 순간을 함께하며, 아이들은 흙먼지와 땀방울 속에서 서로의 맨얼굴을 보았다. 거창한 말은 없었지만, 함께하는 시간은 아이들 마음속에 얼었던 벽을 조금씩 녹여주었다. 그 과정은 마치 온실 속 씨앗이 천천히 싹을 틔우듯, 조용하고도 깊게 진행되었다.
 이제 온실에 들어서면 지우는 자신도 모르게 다른 아이들을 먼저 찾았다. 태준은 스케치북에 여전히 몰두해 있었지만, 예전처럼 등을 보이며 세상과 단절하려는 자세는 아니었다. 가끔 어깨 너머로 그린 그림을 슬쩍 보여주기도 했다. 난초 잎사귀에 맺힌 영롱한 물방울, 햇살을 받아 반짝이는 엉겅퀴. 그의 거친 붓터치 속에 숨겨진 섬세함에 지우는 속으로 감탄하곤 했다. 한번은 지우가 다육이에게 물을 너무 많이 준 것을 발견하자, 태준은 퉁명스럽게 "야, 얘 질식하겠다." 하고 툭 던졌다. 비난하는 어조였지만, 그의 표정은 식물을 걱정하는 듯 보였다. 지우는 태준의 말을 통해 그가 보이는 것보다 훨씬 예민하고 따뜻한 마음을 가졌다는 것을 어렴풋이 느끼기 시작했다.

 소미는 여전히 작은 일에도 불안해하는 습관이 남아 있었지만, 온실에서는 그런 모습을 감추려 애쓰지 않았다. 오히려 가끔은 스스로 "아, 나 또 너무 호들갑 떨지?"라며 자조적인 농담을 던지기도 했다. 어느 날 소미는 학교에서 겪었던 친구와의 사소한 오해를 지우에게 털어놓았다. 복잡하게 얽힌 마음을 두서없이 이야기하는 소미의 말을, 지우는 조용히 듣고만 있었다. 지우는 아무 말 없이 소미의 손에 흙 묻은 물뿌리개를 쥐여주며 온실 바깥쪽의 작은 꽃밭을 가리켰다. "여기 꽃잎이 좀 말랐어. 물 주자." 소미는 지우의 말 없는 위로에 고개를 끄덕이며 묵묵히 물을 주기 시작했다. 화분에 물을 주는 동안 소미의 복잡했던 마음은 차분하게 가라앉았다. 서로에게 말로 하지 않아도, 이해한다는 눈빛과 행동으로 마음을 나누는 방식이 그들 사이에 생겨난 것이다.

하준은 아이들의 조용한 지식인이자, 그들의 눈이 닿지 않는 곳까지 볼 줄 아는 통찰력을 가진 친구였다. 그는 늘 자신의 식물 도감을 끼고 살았지만, 더 이상 책 속에만 갇혀 있지 않았다. 온실 속에서 실제로 보고 느낀 것을 책 속의 지식과 연결하여 아이들에게 흥미롭게 설명해주었다. 그는 다른 아이들의 고민을 듣고는 종종 책에서 읽은 자연의 이치나 식물의 생명력을 비유하며 조언을 건넸다. "걱정 마, 소미야. 식물도 겨울에는 잎을 다 떨구고 앙상하게 있어도, 봄이 오면 다시 새싹을 틔우잖아? 중요한 건 뿌리가 살아있다는 거야. 너의 뿌리는 건강하니까 괜찮아." 그의 차분하고 사려 깊은 말은 때로는 윤 선생님의 그것보다도 아이들에게 더 큰 울림을 주었다.

지우는 이제 더 이상 자신이 '없는 사람'처럼 행동하지 않았다. 말을 아끼는 것은 여전했지만, 그 침묵은 고독이나 숨김이 아니라 '경청'과 '관찰'의 침묵이었다. 다른 친구들이 서로 이야기할 때 지우는 그들의 표정, 말투, 작은 습관들을 자세히 살폈다. 그 안에서 그들의 아픔과 고민, 그리고 숨겨진 매력을 찾아냈다. 그리고는 아주 필요한 순간에, 꼭 필요한 한두 마디로 다른 친구들에게 힘을 실어주었다. 지우는 온실 안에서 자신이 '존재한다'는 사실을 넘어서, '다른 존재들과

연결되어 있다'는 것을 느끼기 시작했다.

한번은 하준이 심장이 안 좋아서 병원에 입원하게 되었을 때였다. 태준은 내심 걱정하면서도 "걔 없으면 온실 관리 누가 하냐"며 퉁명스럽게 굴었다. 소미는 울상으로 "하준이 괜찮을까? 혹시 무슨 일이라도 생기면 어떡해?" 하며 불안해했다. 지우는 두 친구의 말을 들으며 하준이 가장 아끼던 다육이 화분을 조용히 닦았다. 그리고 말했다. "하준이는 자기 뿌리가 얼마나 튼튼한지 아는 애야. 걱정하지 마. 금방 올 거야." 지우의 차분한 목소리에 태준과 소미의 불안감이 조금씩 가라앉는 것을 지우는 느꼈다. 며칠 후 퇴원한 하준이 온실 문을 열고 들어섰을 때, 태준은 아무 말 없이 그에게 물뿌리개를 건넸고, 소미는 걱정했다는 말 대신 "얼굴 좋아졌네!"라며 환하게 웃었다.

온실은 이제 서로의 아픔을 보여줘도 괜찮은 공간, 그리고 그 아픔을 함께 어루만져주는 작은 쉼터가 되었다. 아이들은 각자의 방식으로 서로에게 마음을 열었고, 그들의 삶에 새로운 색깔을 불어넣었다. 더 이상 혼자가 아니었다. 함께 자라나는 관계의 힘 속에서, 아이들은 자신들이 생각했던 것보다 훨씬 더 강하고 아름다운 존재라는 것을 서서히 깨달아 가고 있었다.

작은 위로와 격려를 주고받으며

온실은 이제 아이들에게 단순한 물리적 공간이 아니었다. 그곳은 아이들이 서로의 그림자를 포개고, 비로소 자신들의 목소리를 낼 수 있는 안전한 보금자리였다. 각자의 아픔과 불안을 가진 아이들은 온실이라는 울타리 안에서, 서로에게 가장 솔직한 모습을 드러냈다. 거창한 위로나 요란한 격려는 없었다. 그저 작은 몸짓, 짧은 한마디, 혹은 그저 옆에 있어주는 것만으로도 충분한 위로와 격려가 되었다.

태준은 여전히 그림을 그리는 일에 몰두했지만, 그의 그림 주제는 학교의 황량한 복도나 복잡한 도시 풍경에서 온실 속의 푸른 생명들로 바뀌어갔다. 한번은 소미가 자신이 제출한 과학 보고서가 완벽하지 않다며 자책하고 있을 때였다. 소미의 얼굴은 금방이라도 눈물을 쏟아낼 것처럼 일그러져 있었다. 태준은 스케치북에 쓱쓱 뭔가를 그린 다음, 아무 말 없이 소미에게 내밀었다. 스케치북에는 소미가 공들여 돌보던 작은 꽃이 그려져 있었다. 꽃잎 몇 개가 살짝 시들어 있었지만, 뿌리만큼은 굳건히 흙을 붙잡고 있는 모습이었다. 그리고 그림 옆에 삐뚤빼뚤한 글씨로 쓰여 있었다. '완벽하지 않아도, 괜찮다. 뿌리가 튼튼하면.'

태준은 이 말을 하지 않았다. 그저 그림으로, 자신의 방식으로 소미에게 위로를 건넨 것이다. 소미는 그림을 한참이나 들여다보더니, 결국 눈물을 터뜨렸다. 그러나 그것은 자책의 눈물이 아니라, 따뜻한 위로에 대한 감동의 눈물이었다. 태준은 그런 소미를 힐긋 보더니 다시 스케치북으로 시선을 돌렸지만, 그의 귀 끝은 살짝 붉어져 있었다.

하준은 아이들의 가장 든든한 '정신적 지주'였다. 그는 비록 몸은 약했지만, 어떤 어려움이 닥쳐도 좀처럼 흔들리지 않았다. 지우가 집에서 부모님이 또 크게 다투었다며 속상해할 때였다. 지우는 침묵으로 일관하며 흙을 만졌다. 하준은 지우가 심은 작은 씨앗 화분을 가져왔다. "지우야, 씨앗은 혼자서는 싹을 틔울 수 없어. 햇빛도, 물도, 흙의 양분도 필요하지. 부모님이 너에게 양분을 주지 않는다면, 네가 스스로 햇빛과 물을 찾아야 해. 여기 있는 식물들이 강한 이유는, 어떤 환경에서도 살아남는 방법을 스스로 배웠기 때문이야. 너도 할 수 있어. 네 안에도 강한 씨앗이 있어."

  하준은 차분하고 담담하게 말했지만, 그 속에는 깊은 이해와 믿음이 담겨 있었다. 지우는 하준의 말 속에서 위로와 함께 새로운 용기를 얻었다. 자신의 환경을 탓하기보다는, 스스로 강해지는 방법을 찾아야 한다는 것. 마치 메마른 사막에서도 피어나는 선인장처럼.

  소미는 태준의 무뚝뚝한 격려를, 하준의 지혜로운 위로를 받으며 점차 강해졌다. 그녀는 이제 친구들이 힘들어할 때 먼저 손을 내미는 사람이 되었다. 태준이 학교에서 오해를 받아 선생님께 혼나고 잔뜩 찌푸린 얼굴로 온실에 들어섰을 때였다. 태준은 아무 말 없이 화풀이하듯 거친 손길로 흙을 파냈다. 소미는 조용히 태준 옆에 앉아 그가 제일 좋아하는 샌드위치를 내밀었다. "먹어. 힘내려면 뭐라도 먹어야지." 그리고 말했다. "네가 한 행동이 정당하다고 생각하면, 그걸 다른 사람이 오해해도 너 자신은 흔들리지 마. 너 자신을 믿어주는 게 제일 중요해." 그녀의 말은 태준에게 뜻밖의 위로가 되었다.

  지우는 이 모든 순간들을 지켜보았다. 자신 역시 윤 선생님의 말없는 위로를 통해 큰 힘을 얻었던 것처럼, 친구들도 서로에게 그렇게 작고 따뜻한 힘이 되어주고 있었다. 지우는 이제 적극적으로 친구들의 작은 변화를 찾아 칭찬해주었다. 태준의 그림을 보면 진심으로 감탄했고, 소미가 불안함을 이겨내고 스스로 뭔가를 해냈을 때 박수를 쳐주었다. 하준의 새로운 지식에 귀를 기울이며 호기심 가득한 눈으로 질문했다. 이 작은 인정과 관심들이 모여, 아이들 사이에는 더욱 끈끈한 유대감이 형성되었다.

온실은 이제 그들에게 가장 안전하고 진정한 의미의 학교였다. 이곳에서 아이들은 숫자와 공식이 아닌, 진짜 삶의 지혜와 강인함을 배웠다. 완벽하지 않아도 괜찮다는 것. 때로는 시들고 넘어질 수도 있지만, 다시 일어설 수 있는 힘이 자기 안에 있다는 것. 그리고 가장 중요한 것은, 혼자서는 할 수 없었던 일들도 함께라면 이겨낼 수 있다는 것. 서로에게 기댈 줄 알게 되면서, 아이들은 각자의 마음속에 깊이 박혀 있던 외로움과 불안을 걷어낼 수 있었다. 작은 위로와 격려를 주고받으며, 아이들은 서로의 마음에 생명의 물을 주고, 희망의 햇살을 비추는 존재가 되어가고 있었다.

'혼자가 아니구나' 깨닫는 순간들

온실은 이제 아이들의 '진짜 집'이나 다름없었다. 학교에서의 압박, 가정에서의 불안, 세상으로부터의 외로움. 이 모든 것을 잠시 잊게 해주는 안식처였다. 각자 다른 상처와 아픔을 가지고 온 아이들이었지만, 온실이라는 공간 안에서 서로에게 기대고 위로하며, 비로소 '혼자가 아니구나'라는 따뜻한 깨달음을 얻게 되었다.

태준은 밤이 깊어지면 스케치북을 덮고 온실 벤치에 앉아있었다. 어둠 속에서 식물들의 윤곽만이 희미하게 보였다. 그의 집은 밤에도 평화롭지 못했다. 술에 취해 돌아오는 아빠의 목소리가 들리면 태준은 이 온실로 도망쳐 오곤 했다. 숨 막히는 불안감 속에서, 그는 온실의 흙내음을 마시고 식물들의 숨소리를 들으며 마음을 진정시켰다. 한번은 너무 늦은 시간까지 온실에 홀로 앉아 있는데, 문이 열리며 희미한 랜턴 불빛이 비춰졌다. 윤 선생님이었다. 선생님은 태준을 발견하고도 꾸짖지 않았다. 그저 태준 옆에 조용히 앉아 아무 말 없이 밤하늘을 올려다보셨다. 그 침묵 속에서 태준은 난생 처음으로 누군가에게 '보호받고 있다'는 기분을 느꼈다. 혼자가 아니었다. 이 밤에도 자신을 찾아와 옆을 지켜주는 존재가 있었다. 그의 굳게 닫혔던 마음속 깊은 곳에서 따뜻한 물이 고이는 듯했다.

소미는 학업 스트레스가 극에 달하면 손톱을 물어뜯는 버릇이 있었다. 중간고사 기간, 예상치 못한 점수에 망연자실해 온실로 달려왔다. 밤늦도록 온실 불을 켜두고 문제집을 붙잡고 있는데, 잠에서 깬 지우가 나타났다. "소미야, 왜 아직 안 자?" 지우는 소미의 옆에 앉아 그녀의 다 헤진 문제집을 들여다보았다. "밤새 이렇게 한다고 문제가 풀리는 건 아니야. 때로는 쉬어가는 것도 필요해." 지우는 조용히 소미의 문제집을 덮고, 온실의 창밖으로 환하게 뜬 달을 가리켰다. "봐, 달도 완벽하게 둥글지 않을 때도 있어. 그래도 밝게 빛나잖아. 너도 그래." 지우의 말이 소미의 얼어붙은 심장을 녹였다. 소미는 지우의 말에서 진심 어린 위로를 느꼈다. 자신에게 완벽을 강요하던 세상 속에서, 완벽하지 않아도 괜찮다고 말해주는 친구가 있었다. 혼자가 아니었다.

　하준은 몸이 약해 학교 소풍에도 자주 빠지곤 했다. 친구들과 함께 뛰노는 평범한 추억이 부족했다. 한번은 온실에서 병충해를 입은 식물이 발견되었다. 하준은 자신의 도감에서 찾아낸 온갖 지식을 동원해 치료법을 설명했지만, 식물은 좀처럼 나아지지 않았다. 하준은 식물이 자신처럼 회복되지 않을까 봐 불안해했다. 지우와 태준, 소미는 하준의 이론을 바탕으로 온갖 방법을 동원해 식물을 돌봤다. 태준은 식물을 지키기 위해 해로운 벌레를 잡으러 다녔고, 소미는 정확한 약을 만들었다. 지우는 매일 아침저녁으로 식물의 상태를 확인하며 희망을 잃지 않았다. 결국 식물은 다시 푸른 생기를 되찾았다. 그 모습을 본 하준은 터져 나오는 울음을 참지 못했다. "내가 혼자서는 못 해냈을 거야, 고마워." 하준의 눈물에는 감사함과 함께, 비로소 자신을 온전히 받아주는 친구들을 만났다는 안도감이 서려 있었다. 그는 더 이상 홀로 병약한 몸으로 고립된 존재가 아니었다. 자신을 믿고 함께 노력 해주는 친구들이 있었다. 혼자가 아니었다.

　지우 역시 깨달았다. 자신의 아픔을 윤 선생님에게 털어놓으며 첫발을 뗐지만, 이 아이들이 없었다면 자신은 여전히 '숨어 지내는' 지우로 남아 있었을 것이다. 태준의 솔직함은 지우에게 세상에 대한 불신이 전부가 아님을 알려주었고, 소미의 여린 마음은 지우가 타인의 아픔에 공감하는 법을 가르쳤다. 하준의 조용한 지혜는 지우에게 삶의 또 다른 가치와 시선을 선물했다. 이들은 서로에게 기대고, 서로의 부족한 부분을 채워주며 함께 존재했다. 이 모든 경험이 '혼자서는 할 수 없었던' 일이었다.

온실은 아이들에게 단순한 공간이 아니라, 서로가 서로에게 비춰주는 거울이자, 서로의 온기가 되어주는 난로였다. 더 이상 홀로 붕 떠 있지 않아도 괜찮았다. 언제든 땅에 발을 딛고 기댈 수 있는 견고한 뿌리가 생겼기 때문이었다. 그 뿌리는 바로 이 아이들의 관계였다. 밤이 깊어지고 온실 안을 어둠이 감쌀 때면, 유리 지붕 너머로 수많은 별이 반짝였다. 그들 각각은 작은 빛이었지만, 함께 모였을 때 비로소 밤하늘을 수놓는 별들처럼 빛날 수 있었다.

제8화

단단해지는 마음,
피어나는 희망

여전히 힘든 현실 속에서도 버티는 힘

온실은 아이들에게 굳건한 뿌리가 되었지만, 바깥세상은 여전히 녹록지 않았다. 집과 학교, 그리고 사회의 차가운 시선은 그대로였다. 하지만 아이들은 이제 예전의 그들이 아니었다. 온실에서 서로의 아픔을 나누고, 함께 손을 맞잡으며 얻은 유대감과 깨달음은 그들에게 거친 현실 속에서도 버텨낼 수 있는 끈질긴 힘을 선물했다. 그들은 여전히 힘들었고 때로는 절망했지만, 이제는 '혼자가 아니라는' 사실을 알았기에 쉽게 쓰러지지 않았다.

지우는 여전히 부모님의 싸늘한 침묵과 가끔 터져 나오는 날선 고성에 익숙해져야 했다. 어느 날 밤, 또다시 집 안에서 크게 싸움이 벌어졌다. 접시가 깨지는 소리, 물건이 넘어지는 소리. 지우는 침대 밑에 웅크리고 앉아 귀를 막았다. 예전 같았으면 몸이 굳어버리고 심장이 발광하듯 뛰어댔을 것이다. 그러나 이번에는 달랐다. 머릿속에는 온실의 푸른 식물들, 그리고 함께 웃고 떠들었던 친구들의 얼굴이 스쳐 지나갔다. 특히 하준이 병충해로 시들어가던 식물을 보며 했던 말이 떠올랐다. "뿌리가 튼튼하면, 겉잎이 좀 시들어도 다시 살아나요." 지우는 조용히 침대 아래에서 나왔다. 그리고 화장실로 가 차가운 물로 세수를 했다. 창밖을 내다보니 하늘에 별이 총총했다. 온실 유리 지붕 너머로 보이던 그 별들. 지우는 자신에게도 튼튼한 뿌리가 있음을 알았다. 이제는 그저 숨는 것이 아니라, 이 아픔을 견딜 힘이 있음을.

  태준은 학교에서 여전히 '문제아'로 찍혀 있었고, 그의 주변에는 끊임없이 갈등이 일어났다. 사소한 시비에도 주먹이 먼저 나간다는 소문은 그를 더욱 고립시켰다. 한번은 선배들과의 싸움에 휘말려 온몸에 멍이 든 채 온실로 찾아왔다. 흙투성이가 된 얼굴에는 분노와 억울함이 뒤섞여 있었다. 그는 아무 말 없이 온실 구석에 앉아 거칠게 숨을 몰아쉬었다. 지우는 태준에게 물통을 건넸고, 소미는 걱정스러운 눈으로 그의 상처를 살폈다. 하준은 태준이 그린 거친 풍경화를 조용히 응시했다. 아무도 태준에게 '왜 싸웠냐'고 묻지 않았다. 그저 그의 옆을 지켜주었다. 태준은 자신을 판단하지 않는 그들의 시선 속에서 조금씩 평정심을 되찾았다. 이곳은 세상이 자신을 낙인찍는 곳이 아니었다. '내가 어떤 모습이든 받아주는 곳'이라는 사실은 태준에게 현실의 폭력 속에서도 버틸 수 있는 유일한 힘이 되었다.

소미는 끊임없이 스스로를 채찍질했다. 중상위권의 성적을 유지해야 한다는 부담감, 친구들 사이에서 완벽한 모습을 보여야 한다는 압박감은 그녀를 늘 불안하게 만들었다. 기말고사 기간, 실수로 서술형 문제 하나를 통째로 비워낸 것을 뒤늦게 발견했다. 절망감에 휩싸여 밥도 먹지 못하고 온실로 왔다. 그녀는 울면서 말했다. "나는 왜 항상 이럴까? 엄마는 분명 실망하실 거야." 하준은 조용히 소미에게 다가가 그녀가 심어둔 작은 선인장을 보여주었다. "이 선인장은 사막에서도 살아남아. 가시를 품고 있어서 쉽게 다가가기 어렵지만, 자기 안에 물을 가득 저장하고 있지. 완벽해 보이진 않아도, 스스로 버틸 힘을 가지고 있는 거야." 소미는 선인장을 보며 생각했다. 자신도 그럴 수 있을까? 완벽하지 않아도, 실수투성이라도, 스스로 버틸 수 있는 힘. 온실에서의 시간이 그녀에게 작은 여유를 가르쳤다. 실수해도 괜찮고, 부족해도 괜찮다는 작지만 단단한 위로가 그녀의 내면에 자리 잡았다.

하준은 여전히 병원을 오갔고, 건강의 문제는 그의 삶을 늘 그림자처럼 따라다녔다. 친구들과 함께 뛰어노는 평범한 중학

생의 삶은 그에게 멀리 있었다. 한번은 오랜 치료로 몸이 더욱 쇠약해져 학교에 가지 못하고 온실에만 틀어박혀 있었다. 그는 창밖으로 활기차게 등교하는 친구들을 보며 쓸쓸해했다. 그때 지우가 도시락을 싸 들고 찾아왔다. "오늘 급식 너 좋아하는 닭볶음탕인데, 네 몫까지 가져왔어." 지우와 태준, 소미는 돌아가며 하준을 위해 급식 당번을 자처했고, 그가 좋아할 만한 음식이나 책을 온실로 가져왔다. 혼자 힘없이 앉아 있을 때, 친구들의 존재는 하준에게 삶을 버틸 끈이 되었다. 자신의 약함을 탓하기보다는, 그 약함을 보듬어주고 함께 있어주는 친구들의 존재가 더욱 소중했다.

온실은 이제 그들에게 단순한 공간이 아니라, 세상이라는 거친 파도를 버텨낼 수 있는 단단한 등대였다. 그들은 각자의 삶에서 여전히 고통을 겪었다. 하지만 그 고통 속에서 홀로 침몰하는 대신, 서로에게 기댈 줄 알게 되었다. 혼자가 아니라는 깨달음은 그들에게 희망의 빛을 주었고, 절망 속에서도 다시 일어설 수 있는 작은 용기를 주었다. 비록 현실은 변하지 않았을지라도, 그 현실을 바라보는 아이들의 마음은 온실의 햇살을 머금고 더 단단해지고 있었다. 그들은 이제 자신 안에 피어나는 희망을 느꼈다. 어둠 속에서도 스스로 빛을 내는 작은 별들처럼.

온실 식물들처럼 자라나는 지우의 마음

 지우의 마음은 메말랐던 온실의 흙과 같았다. 무관심과 불안이라는 잡초에 덮여 빛을 잃었고, 희망이라는 물 한 방울 없이 바싹 말라붙어 있었다. 하지만 선생님의 따뜻한 손길과 친구들의 작은 온기가 스며들자, 그 흙 속에서 작은 변화가 시작되었다. 지우는 온실 속 식물들을 돌보며, 자신도 식물들처럼 성장하고 있음을 깨닫게 되었다.
 가장 먼저 지우의 마음에 뿌리내린 것은 '자존감'이라는 작은 씨앗이었다. 자신이 정성껏 돌본 식물들이 생기를 되찾고, 죽었던 자리에서 새싹이 돋아나는 것을 보면서 지우는 말로 표현할 수 없는 성취감을 느꼈다. 이전까지 지우는 자신이 세상에 아무런 영향력도 미치지 못하는 무력한 존재라고 생각했다. 하지만 자신의 작은 손길이 이토록 큰 변화를 만들어 낼 수 있다는 것을 알게 되면서, 지우의 마음속에서는 '나도 무언가를 할 수 있는 사람'이라는 자각이 움텄다. 작은 성공들이 쌓이면서, 지우는 더 이상 자신의 존재를 지우려 애쓰지 않았다. 온실 안에서 흙을 만지고, 물을 주고, 가지를 치는 동안 지우의 눈빛은 한층 생기로워졌다.

　식물들이 햇살을 향해 고개를 들듯, 지우의 마음도 세상으로 향하기 시작했다. 선생님에게 자신의 속마음을 털어놓은 후, 지우는 더 이상 자신의 감정을 숨기기에 급급하지 않았다. 물론 여전히 말을 아끼는 편이었지만, 그 침묵은 외로움이나 두려움이 아니었다. 오히려 상대를 이해하고 배려하는 깊이 있는 침묵이었다. 친구들이 힘들어할 때, 지우는 섣부른 조언 대신 먼저 귀 기울여 들어주었다. 소미가 시험 때문에 불안해할 때면, 조용히 옆에 앉아 손을 잡아주었다. 태준이 분노에 차 벽을 칠 때면, 온실의 흙을 한 줌 쥐여주며 마음을 진정시키도록 도왔다. 다른 사람들의 아픔에 공감하고, 그들의 마음을 어루만지는 법을 식물로부터 배웠다. 식물들이 햇살과 물을 필요하듯, 사람의 마음도 관심과 보살핌을 필요하다는 것을 지우는 알게 되었다.

　가장 놀라운 변화는 '관계'에 대한 지우의 태도였다. 예전의 지우는 관계를 맺는 것을 두려워했다. 관계가 깊어질수록 상처받을 위험이 커진다고 생각했기 때문이다. 그래서 자신을 보호하기 위해 늘 벽을 쌓았다. 하지만 온실에서 만난 태준, 소미, 하준은 달랐다. 이들은 지우의 아픔을 알고도 등을 돌리지 않았고, 지우의 침묵 속에서도 진심을 찾아내려 애썼다. 그들은 지우의 가장 어두운 면까지도 조건 없이 받아주었다.

 온실의 식물들이 서로 얽히고설키며 뿌리를 내리듯, 지우도 친구들과 함께 엮여가며 단단한 뿌리를 내렸다. 하준의 조용한 지혜가 지우에게 세상을 다른 시선으로 바라보게 했고, 소미의 여린 마음은 지우에게 공감의 깊이를 가르쳤다. 태준의 거친 겉모습 속 숨겨진 섬세함은 지우에게 사람을 겉모습으로 판단하지 않는 법을 알려주었다. 그들의 존재는 지우에게 '혼자'라는 외로운 짐을 내려놓을 용기를 주었다. 이제 지우는 이들과 함께라면 어떤 현실 속에서도 버텨낼 수 있을 것이라는 확신을 가지게 되었다.

 지우는 자신이 돌본 식물들이 폭풍우에도 꺾이지 않고 굳건히 서 있는 모습을 보며 감탄하곤 했다. 온실 안은 안전했지만, 식물들은 비와 바람, 뜨거운 햇볕을 온몸으로 받아내며 더욱 강해졌다. 그 모습은 마치 지우 자신의 현실 같았다. 여전히 집은 불안했고, 학교도 완벽하게 편안한 곳은 아니었다. 하지만 이제 지우는 그 안에서 숨기만 하는 대신, 그 현실을 자신의 성장통으로 받아들이는 법을 배웠다. 시들지 않고, 메마르지 않고, 외부의 시련에도 굳건히 자신의 뿌리를 지키는 힘. 그것은 온실의 식물들이 지우에게 가르쳐준 가장 귀한 선물이었다.

더 이상 자신이 '세상에 홀로 붕 뜬 존재'가 아니라는 사실은 지우에게 강력한 희망이 되었다. 온실이라는 자신만의 '별이 뜨는 자리'가 있었고, 그 안에서 함께 자라는 소중한 친구들이 있었다. 지우의 마음은 더 이상 잿빛이 아니었다. 푸른 생기가 넘치고, 따뜻한 온기로 가득 찬, 생명력 넘치는 정원이 되어가고 있었다.

나도 누군가에게 힘이 될 수 있다는 발견

지우의 마음은 온실 속 식물들처럼 매일매일 자라났다. 뿌리 깊이 내린 자존감의 씨앗은 단단한 줄기로 뻗어났고, 주변을 향한 푸른 잎사귀를 펼치기 시작했다. 이제 온실은 지우에게 단순히 위로와 치유를 주는 공간을 넘어섰다. 그곳은 지우가 자신의 존재감을 확신하고, 자신이 가진 힘을 깨닫는 배움터가 되었다. 자신이 식물을 돌보며 생기를 불어넣었듯이, 지우는 자신도 누군가의 마음에 온기를 줄 수 있음을 발견하게 되었다.

가장 먼저 지우의 변화를 알아챈 것은 소미였다. 소미는 여전히 불안과 강박에 시달릴 때가 있었다. 특히 학교에서 그룹 과제를 할 때면, 다른 친구들의 의견을 조율하거나, 자신의 생각대로 결과가 나오지 않을까 봐 전전긍긍했다. 하루는 그룹 과제 문제로 잔뜩 신경이 날카로워진 소미가 온실로 찾아왔다. 평소 같으면 눈물을 쏟거나 벽을 보고 앉아 침묵했을 소미는, 그날은 달랐다. 온실 한쪽에 놓인 스케치북에 난초 그림을 그리던 태준에게 잔뜩 흥분해서 자신의 답답함을 토해냈다. 태준은 아무 말 없이 소미의 말을 들었다. 소미의 말이 끝나자, 지우는 조용히 소미에게 다가갔다. 그리고 작은 화분 하나를 건넸다. "이 다육이, 뿌리가 잘 내렸는데, 너무 작게 심어져 있어서 숨을 잘 못 쉬고 있었어. 큰 화분으로 옮겨주면 훨씬 잘 자랄 거야." 소미는 지우의 말에 고개를 끄덕이며 다육이를 분갈이하기 시작했다. 흙을 털어내고, 새 흙을 채우고, 조심스럽게 옮겨 심는 그 과정에서 소미는 자신의 마음도 정리되는 것을 느꼈다. 지우는 소미의 옆에서 묵묵히 새 흙을 날라주었다. 분갈이를 마친 소미의 얼굴에는 불안의 그림자 대신 작은 미소가 떠올랐다. 소미는 지우에게 말했다. "지우야, 너랑 있으면 마음이 편안해져. 왠지 모르게 다 괜찮아질 것 같아." 지우는 소미의 말을 듣고 낯선 감정을 느꼈다. 자신이 누군가의 마음을 진정시키고, 안정감을 줄 수 있다는 깨달음. 투명인간 같던 자신이 누군가에게 이토록 확실한 존재감을 줄 수 있다니.

  태준은 여전히 세상에 대한 불신과 분노를 내면에 품고 살앉다. 학교에서 시비가 걸리거나 오해를 받으면 곧바로 폭발하곤 했다. 한번은 학교에서 심하게 다투고 온 태준이 온실에서 분을 삭이고 있었다. 그는 온실 벽에 세워진 이젤 앞에서 거친 붓질로 검붉은 추상화를 그리고 있었다. 그의 붓질은 마치 고통을 토해내는 듯 격렬했다. 지우는 태준의 뒤에서 한참을 서 있었다. 윤 선생님은 지우가 직접 만든 꽃잎 차를 태준에게 건넸다. 태준은 퉁명스럽게 컵을 받아 들었지만, 지우는 조용히 말했다. "그 그림에... 작은 초록색 점 하나만 찍어보면 어때? 어두움 속에서도 희망은 있잖아." 태준은 지우의 말을 무시하는 듯 했지만, 한참 후 지우가 온실을 나서는 소리를 듣고 그림을 다시 응시했다. 그리고 다음날 온실을 찾았을 때, 지우는 그림 한 귀퉁이에 태준의 거친 붓질과는 다른, 여리고 선명한 초록색 점이 찍혀 있는 것을 발견했다. 태준은 아무 말도 하지 않았다. 그러나 그의 어깨에는 힘이 조금 더 들어가 있었다. 지우는 자신이 던진 작은 말 한마디가 태준의 마음속에 작은 균열을 내어, 그 안으로 희망의 빛이 스며들게 할 수도 있다는 것을 깨달았다. 자신의 말이, 그림이, 다른 사람에게 닿아 변화를 일으킬 수 있다는 사실이 지우에게는 놀라운 발견이었다.

하준은 건강 문제로 학교를 자주 빠지는 날이면 외로움과 무력감에 시달렸다. 그는 자신이 친구들에게 짐이 될까 봐 염려하기도 했다. 온실에 오래 머무는 것이 몸에 무리가 갈까 봐 걱정할 때도 있었다. 지우는 그런 하준의 마음을 알았다. 하준이 유독 아끼는 작은 선인장 화분이 있었다. 다른 식물들보다 물을 적게 줘도 잘 자라는 선인장. 지우는 하준이 학교에 가지 못하는 날이면, 그 선인장 화분의 변화를 꼼꼼히 기록해서 하준에게 보여주었다. "하준아, 오늘 네 선인장 꽃봉오리가 더 커졌어. 네가 없어도 이렇게 잘 자라고 있어." 지우의 따뜻한 보고에 하준의 얼굴에는 희미한 미소가 번졌. 자신의 몸이 비록 온전하지 않아도, 자신이 이 공동체의 한 부분이라는 사실을 다시 한번 확인시켜주는 지우의 행동은 하준에게 큰 위로가 되었다. 지우는 하준에게 말했다. "하준아, 너는 우리에게 아주 소중한 뿌리 같아. 네가 있어서 온실이 더 단단해지는 거야. 네 지식과 지혜는 우리에게 정말 큰 힘이 돼." 지우는 자신이 말해준 위로가 하준의 눈빛에 반짝임을 더하는 것을 보았다. 이제 자신이 누군가에게 긍정적인 영향을 미칠 수 있는 존재라는 것을 지우는 확신했다.

 지우는 자신이 겪었던 외로움과 무력감을 친구들 역시 겪고 있다는 것을 알게 되었다. 그리고 자신이 온실과 윤 선생님을 통해 치유되었듯, 자신 역시 친구들의 아픔을 어루만지고, 그들에게 힘을 줄 수 있는 존재라는 것을 깨달았다. 더 이상 자신이 세상의 가장자리에 있는 투명인간이 아니었다. 자신에게 손을 내밀고, 자신에게 기댈 수 있는 누군가가 있다는 것. 그리고 자신이 그들에게 따뜻한 온기가 될 수 있다는 사실은 지우에게 말할 수 없는 충만감과 행복을 가져다주었다. 온실의 식물들이 햇살을 받아 무럭무럭 자라나듯, 지우의 마음도 주변의 작은 손길들을 통해 더욱 크게 성장하고 있었다. 나도 누군가에게 힘이 될 수 있다는 발견은 지우에게 '함께'라는 연대의 끈을 더욱 단단히 묶어주는 소중한 깨달음이었다.

제9화

행운의 진짜 의미를

찾아서

마법이 아닌, 용기에서 오는 행운

 지우의 집은 여전히 불안했고, 학교에서의 경쟁은 여전했다. 아이들 각자의 삶은 드라마틱하게 변하지 않았다. 태준의 주먹다짐은 간혹 이어졌고, 소미는 시험 기간마다 여전히 불안에 떨었으며, 하준은 병원을 드나들어야 했다. 그러나 그들은 더 이상 혼자가 아니었다. 온실이라는 자신들의 '별이 뜨는 자리'에서 얻은 지혜와 용기가, 그들의 발걸음을 이전과는 완전히 다른 방향으로 이끌고 있었다. 그들은 이제 행운이란 결코 마법처럼 갑자기 찾아오는 것이 아니라는 사실을 깨달았다. 그것은 어둠 속에서도 한 발 더 내딛는 용기, 그리고 따뜻한 손길을 건넬 줄 아는 마음에서 피어나는 것이었다.
 지우는 예전처럼 집에서 부모님의 싸늘한 대화나 거친 목소리에 몸을 움츠리지 않았다. 여전히 불안했지만, 이제는 침대 밑에 숨거나 귀를 막는 대신, 온실의 화분을 보며 배운 지혜를 떠올렸다. 작은 새싹은 단단한 땅을 뚫고 솟아오를 용기가 있어야 햇살을 만날 수 있었다. 지우는 더 이상 현실을 외면하지 않았다. 아침 식사 자리에서 불편한 침묵이 이어지면, 아주 작은 목소리로나마 가족 모두가 좋아하는 잔잔한 클래식 음악을 틀었다. 부모님은 처음에는 놀란 눈치였지만, 이내 잔잔한 음악 속에서 조금씩 긴장을 풀었다. 싸움이 격해질 것 같을 때면, 지우는 용기를 내어 말했다. "엄마, 아빠. 싸우지 말고 얘기하면 안 될까요?" 그 작은 목소리는 때로는 폭풍 속 촛불처럼 흔들렸지만, 지우는 더 이상 그 촛불을 숨기려 하지 않았다. 마법 같은 변화는 없었지만, 지우의 작은 용기는 집 안의 공기를 아주 미세하게, 하지만 확실히 변화시켰다. 이 자체가 지우에게는 이전에는 상상도 못할 '행운'이었다.

태준은 여전히 학교에서 문제가 많았다. 하지만 싸움에 휘말리더라도, 이제는 더 이상 무의미한 폭력으로 이어지지 않으려 노력했다. 자신을 괴롭히는 아이들 앞에서 그는 윤 선생님이 해주셨던 말을 떠올렸다. '네가 그린 그림처럼, 세상에는 보이지 않는 선이 있어. 그걸 넘어서지 않는 용기도 필요해.' 태준은 화가 치밀어 오를 때마다 주머니 속 조약돌을 꽉 쥐었다. 그 조약돌은 온실 바닥에서 주운 것이었다. 온실에서 친구들이 자신을 있는 그대로 받아주고 위로해주는 존재라는 것을 알기에, 그는 더 이상 홀로 분노에 갇히지 않았다. 폭력이 아닌 다른 방식으로 자신의 감정을 표현하기 위해, 그는 더욱더 그림에 몰두했다. 온실에 대한 글쓰기 대회에 출품된 지우의 글에 어울리는 삽화를 밤새도록 그린 것도 태준의 변화를 보여주는 작은 행운이었다. 자신의 분노가 파괴가 아닌 창조로 이어지는 것. 이 역시 용기에서 비롯된 행운이었다.

소미는 여전히 시험 결과와 주변의 평가에 예민했다. 하지만 이제는 결과 하나에 매달려 자책하지 않았다. 한번은 중요한 과목에서 자신이 예상했던 것보다 낮은 점수를 받았다. 예전 같으면 며칠 밤낮을 울고 괴로워했을 것이다. 그러나 온실로 달려온 소미는 하준이 심어놓은 작은 새싹을 물끄러미 바라보았다. 새싹은 아직 연약하고 비틀거렸지만, 꼿꼿이 하늘을 향해 있었다. 하준의 말이 떠올랐다. "넘어져도 괜찮아. 중요한 건 다시 일어나는 방법을 배우는 거지." 소미는 이제 그 실패를 딛고 일어설 용기가 자신에게 있음을 알았다. 점수 하나에 자신의 전부를 내던지지 않을 용기, 완벽하지 않아도 괜찮다고 스스로를 위로할 용기. 그리고 온실에서의 친구들과 함께 시간을 보내며 스트레스를 푸는 방법을 찾아냈다. 그녀의 마음속에 자리 잡은 이 단단함이야말로 소미에게 찾아온 가장 큰 행운이었다.

하준은 건강 때문에 좌절할 때가 많았다. 자신이 아프다는 이유로 친구들에게 짐이 될까 봐 염려했고, 평범한 삶을 살지 못할까 봐 두려워했다. 그러나 온실에서의 시간은 그에게 세상에 꼭 평범한 길만 있는 것이 아님을 알려주었다. 그는 자신의 병약함을 약점으로 여기기보다, 오히려 더 많은 것을 깊이 들여다볼 수 있는 기회로 삼았다. 병원에 있는 동안에도 그는 온실의 친구들에게 온실 식물들의 관리법에 대한 새로운 정보를 보내주며 존재감을 잃지 않았다. 아프더라도 함께 나눌 수 있는 친구들이 있다는 것, 자신의 지식이 타인에게 도움이 될 수 있다는 것. 이것이야말로 그에게 진정한 행운이었다. 자신의 약함을 용기로 바꾸고, 그 안에서 새로운 의미를 찾는 것.

이들은 깨달았다. 행운이란 결코 로또 당첨처럼 하늘에서 뚝 떨어지는 것이 아님을. 그보다는 차가운 현실 속에서 움츠리지 않고 작은 용기를 내어보는 것, 절망 속에서도 희망을 선택하는 것, 그리고 무엇보다 자신의 아픔에도 불구하고 서로에게 손을 내밀고 함께 걷는 것에서 비롯된다는 것을. 온실에서 심은 작은 씨앗이 뿌리를 내리고 줄기를 뻗어 꽃을 피우듯, 아이들의 마음속에 피어난 용기는 그들 삶의 가장 빛나는 행운이 되어가고 있었다.

작은 손길들이 모여 만드는 기적

　온실의 유리창으로 스며드는 햇살은 이제 이전보다 훨씬 눈부셨다. 아이들이 손수 닦고, 깨진 부분을 보수하며 만들어낸 변화였다. 그 햇살처럼, 아이들 각자의 삶에서 피어난 작은 용기들은 서로에게 영향을 미 미치며, 결국 상상 이상의 기적을 만들어내고 있었다. 마법 같은 기적이 아니라, 수많은 작은 노력과 손길들이 모여 완성되는, 진짜 기적이었다.
　어느 날, 학교에서 '숨겨진 보물 찾기 대회'라는 프로젝트가 공지되었다. 학교 구석구석의 버려진 공간이나 잊힌 역사를 찾아내어 그 가치를 재조명하는 대회였다. 지우는 주저 없이 온실을 떠올렸다. 지우는 윤 선생님과 상의 끝에 온실에 대한 발표를 준비하기로 했다. 온실이 어떻게 버려졌다가 생명을 되찾았는지, 그리고 그곳에서 아이들이 어떻게 성장했는지에 대한 이야기였다. 지우는 자료 조사를 맡았다. 혼자서는 힘든 일이었지만, 이번에는 달랐다.

지우의 이야기에 태준이 가장 먼저 나섰다. "그 발표에 온실 그림은 내가 그릴게." 그의 그림은 단순한 묘사를 넘어, 온실의 변화와 아이들의 감정을 담아냈다. 시든 식물이 생명을 되찾는 과정, 아이들이 함께 땀 흘리며 유리창을 닦는 모습, 작은 화분 옆에서 태준 자신이 엎드려 그림을 그리는 모습까지. 그의 그림은 보는 이들에게 온실의 생생한 숨결을 전달했다. 태준은 자신의 그림이 누군가의 이야기에 힘을 실어줄 수 있다는 사실에 놀라움을 금치 못했다. 자신의 재능이 오직 분노를 표출하는 데만 쓰인다고 생각했는데, 이제는 희망을 그릴 수 있게 된 것이다.

소미는 지우가 모은 자료들을 체계적으로 정리하고, 발표 자료에 생기를 불어넣었다. 화려하고 완벽한 프레젠테이션 대신, 아이들이 온실에서 느낀 감정과 성장을 사진과 글로 진솔하게 담아냈다. 그녀는 밤새워 발표 시나리오를 쓰고, 예상 질문에 대한 답변까지 완벽하게 준비했다. 예전 같으면 '내가 이걸 다 해야 하나?' 불평했을 테지만, 이제는 달랐다. 친구들의 이야기를 가장 잘 전달하고 싶다는 열정이 그녀를 움직였다. 소미의 꼼꼼하고 완벽을 추구하는 성격은 이번 대회에서 최고의 강점으로 발휘되었다.

하준은 '온실의 생태학적 가치'를 조명하는 파트를 맡았다. 그는 자신의 해박한 지식을 총동원하여 온실이 단순한 버려진 공간이 아니라, 생물 다양성 유지에 어떤 기여를 할 수 있는지, 자연 학습 공간으로서의 가치는 무엇인지 과학적인 근거를 들어 설명했다. 그의 설명은 복잡하고 어려울 수 있었지만, 하준은 이를 아이들이 쉽게 이해할 수 있는 비유와 예시를 들어가며 흥미롭게 전달했다. 몸이 약해 늘 혼자였던 하준이 자신의 지식을 세상과 나누는 통로를 찾은 것이었다.

그리고 지우는 그 모든 것을 종합하여 가장 마지막에 온실의 '정신'을 발표하기로 했다. 윤 선생님은 아이들의 작업을 조용히 지켜보며 필요한 조언을 아끼지 않으셨다. 아이들은 때로는 의견 충돌로 다투기도 했고, 작업이 마음처럼 되지 않아 좌절하기도 했다. 하지만 이제 그들은 혼자가 아니었다. 태준이 그림이 막히면 하준에게 식물의 구조를 물었고, 소미가 불안해하면 지우가 따뜻하게 다독였다. 지우가 밤샘 작업에 지치면 소미가 따뜻한 차를 가져다주었다. 서로의 부족한 부분을 채워주고, 넘어지면 일으켜 세워주며 그렇게 함께 나아갔다.

드디어 발표 당일, 아이들은 떨리는 마음으로 강당에 섰다. 윤 선생님은 객석에서 따뜻한 눈빛으로 아이들을 바라보셨다.

지우가 가장 먼저 마이크를 잡았다. 처음에는 작은 목소리로 시작했지만, 온실에서의 추억과 친구들의 눈빛을 보며 점점 더 목소리에 힘이 실렸다. 태준의 그림이 스크린에 띄워지고, 소미의 정돈된 자료가 순서대로 펼쳐졌으며, 하준의 지식이 더해지자, 아이들의 이야기는 강당을 가득 채웠다.

그들의 발표는 폭발적인 반응을 얻었다. 단순한 학교 프로젝트가 아니었다. 버려진 공간에 생명을 불어넣고, 그 안에서 상처 입은 아이들이 치유와 성장을 이룬 '기적의 이야기'였다. 숨겨진 보물은 온실 그 자체가 아니라, 온실을 통해 함께 변화하고 성장한 아이들의 마음이었다. 대회에서 우승한 것은 당연한 결과였다. 아이들의 발표를 본 학교 측에서는 온실을 정식 교육 공간으로 활용하는 방안을 논의하기 시작했다. 온실은 더 이상 '접근 금지' 구역이 아니라, 모두에게 열린 공간이 된 것이다.

이것은 마법이 아니었다. 혼자서는 불가능했던 일이었다. 지우의 용기가 시작되었고, 태준의 예술이 더해졌으며, 소미의 꼼꼼함과 하준의 지식이 뒷받침되었다. 윤 선생님의 따뜻한 믿음이 아이들의 노력을 지탱했다. 작은 손길들이 모여 만들어낸 결과였다. 각자의 자

리에서 피워낸 작은 용기가 모이고 모여, 세상을 변화시키

는 거대한 기적을 만들 수 있음을 아이들은 깨달았다. 온실은 이제 그들에게 '희망은 혼자 피우는 꽃이 아니라, 함께 가꾸는 정원'이라는 사실을 가르쳐주었다.

별이 뜨는 자리: 우리들의 이야기

온실은 이제 더 이상 학교 뒤뜰의 버려진 공간이 아니었다. '숨겨진 보물 찾기 대회'에서의 성공적인 발표 이후, 온실은 학교의 자랑이자 살아있는 교실로 거듭났다. 주렁주렁 매달린 식물들, 아이들이 직접 만든 나무 간판, 그리고 벽에 걸린 태준의 그림들로 가득한 온실은 늘 학생들의 발길로 북적였다. 윤 선생님은 온실 관리 수업을 개설했고, 다른 학생들도 자원하여 온실을 가꾸는 데 동참했다. 온실은 이제 지우와 친구들만의 비밀 아지트를 넘어, 학교 전체의 희망과 치유의 상징이 되었다.

지우는 온실 한가운데에 서서 변화된 풍경을 바라보았다. 한때 자신이 그토록 외로이 숨어들었던 이 공간이, 이제는 수

많은 아이들이 웃고 이야기하는 소리로 가득 찼다. 그녀는 더 이상 흙먼지 낀 유리창 너머로 세상을 바라보던 투명인간이 아니었다. 온실의 가장 깊은 곳에서 단단하게 뿌리를 내리고, 가장 푸르게 빛나는 존재가 되었다. 집안의 불화는 완전히 사라지지 않았지만, 지우는 더 이상 그 안에 침잠하지 않았다. 그녀는 이제 어둠 속에서도 스스로 빛을 찾아낼 줄 알았고, 그 빛을 친구들에게 나누어 줄 줄 아는 강한 아이로 자라났다.

태준은 여전히 세상에 대한 불신과 때때로 터져 나오는 분노를 가지고 있었다. 하지만 그는 이제 그 감정을 주먹이나 싸움이 아닌, 그림으로 표현했다. 그의 그림은 더욱 깊고 풍부해졌고, 그의 아픔은 예술을 통해 치유의 메시지로 승화되었다. 그는 자신의 그림으로 온실의 아름다움과 아이들의 순수한 감정을 세상에 전달하는 역할을 했다. 학교 복도에는 그의 온실 스케치들이 전시되었고, 많은 아이들이 그의 그림을 통해 온실을 찾아왔다. 더 이상 '문제아'가 아닌, '천재 화가'라는 별명이 그에게 따라붙었다.

소미는 여전히 완벽을 추구했다. 하지만 그 완벽은 더 이상 자신을 옥죄는 사슬이 아니었다. 오히려 온실 관리나 학업에서도 남들보다 뛰어난 꼼꼼함과 체계적인 계획을 세우는 데 발휘되었다. 그녀는 온실에서 실수를 해도 괜찮다는 것을 배웠고, 자신의 약점조차도 자신을 성장시키는 거름이 될 수 있다는 것을 알았다. 이제 그녀는 자신이 겪은 불안과 실패를 바탕으로, 다른 아이들에게 위로와 격려를 건넬 줄 아는 따뜻한 리더가 되었다. 그녀의 따뜻한 손길은 많은 후배들의 마음을 어루만졌다.

하준은 여전히 병원을 드나들어야 했다. 하지만 그의 얼굴에는 더 이상 외로움의 그림자가 없었다. 온실에서의 경험은 그에게 자신의 약함이 아닌, 특별한 재능과 가치를 발견하게 해 주었다. 그는 온실의 '지식인'으로서 식물과 환경에 대한 끊임없는 연구를 통해 다른 학생들에게 지식을 나누어 주었다. 그의 조용한 지혜는 온실을 더욱 풍요롭게 만들었고, 많은 아이들에게 자연과 생명의 소중함을 일깨워주었다. 그는 자신의 지식과 경험을 나누는 과정을 통해 삶의 의미를 찾았다.

그리고 윤 선생님. 선생님은 아이들의 조용한 변화를 지켜보며 뿌듯해하셨다. 버려진 온실에서 시작된 이 작은 기적이, 결국 아이들 각자의 삶에 얼마나 큰 영향을 미쳤는지 선생님은 누구보다 잘 알고 있었다. 선생님은 아이들에게 길을 가르쳐주기보다, 그들이 스스로 길을 찾도록 기다려주셨다. 식물들에게 햇살과 물을 주듯, 아이들에게 사랑과 믿음을 주셨다.

지우는 온실에서 깨달았다. '행운'이란 복권 당첨처럼 하늘에서 뚝 떨어지는 것이 아니었다. 그것은 차가운 현실 속에서도 움츠리지 않고 한 발 더 내딛는 용기에서 비롯되는 것이었다. 시들어가는 식물에 물을 주고, 삭막한 땅에 씨앗을 심는 작은 행동들이 모여 푸른 숲을 이루듯, 불안한 집에서 작은 음악을 트는 용기, 오해 속에서도 묵묵히 자신의 길을 가는 인내, 실패에도 다시 일어서는 끈기, 그리고 무엇보다 서로에게 기꺼이 손을 내밀어 주고 기대어 주는 작은 손길들이 모여 만들어내는 기적이었다.

밤이 깊어지고 온실 유리 지붕 너머로 수많은 별들이 반짝였다. 아이들은 더 이상 홀로 떠다니는 외로운 존재가 아니었다. 각자 자신만의 고통과 불안을 안고 있었지만, 이제 그들은 서로의 빛이 되어주고, 서로의 길을 밝혀주는 '별'이 되었다. 온실은 그들의 '별이 뜨는 자리'였다. 이 공간에서 그들은 자신 안에 숨겨진 빛을 발견했고, 그 빛을 서로에게 나누어 주며 어둠 속에서도 스스로 빛나는 법을 배웠다.

'별이 뜨는 자리'는 지우와 태준, 소미, 하준, 그리고 윤 선생님이 함께 만들어간 이야기였다. 이 이야기는 특별한 사람들의 거창한 서사가 아니었다. 평범한 중학생들이 삶의 상처 속에서 서로를 발견하고, 함께 아픔을 극복하며 성장해가는, 바로 '우리들 모두'의 이야기였다. 온실은 그들의 삶에 영원히 지워지지 않을 희망의 메시지를 남겼다. 별은 언제나 그 자리에 빛나고 있을 것이고, 아이들은 그 빛을 따라 계속해서 성장할 것이다.

에필로그

 세월은 유수와 같았다. 흩어진 구름처럼 빠르게 흐르는 시간 속에서도, 온실은 여전히 그 자리에 굳건히 서 있었다. 아니, 이제 온실은 더 이상 '그냥 그 자리'에 있는 존재가 아니었다. 햇살이 가득 스미는 유리창 아래, 푸른 생명들이 무성하게 자라나는 그곳은 많은 이들에게 희망과 치유의 상징이 되었다.

 학교를 졸업하고 각자의 길을 걷고 있지만, 아이들은 여전히 온실에 모였다. 어른이 되어 찾아오는 고민들도 있었고, 세상의 파도에 부딪혀 상처받는 날도 있었다. 하지만 그들은 이제 흔들리지 않았다. 온실에서 배웠던 지혜와 서로에게서 얻은 단단한 유대감 덕분이었다.

 지우는 어릴 적 윤 선생님이 가르쳐주셨던 그림을 놓지 않았다. 그녀의 그림은 이제 온실의 풍경을 넘어, 세상의 다양한 존재들에게 닿았다. 그녀의 그림은 한때 자신이 느꼈던 텅 빈 외로움을 따뜻한 색감으로 채웠고, 숨겨진 아픔을 섬세하게 어루만지는 힘을 가지고 있었다. 그녀의 그림은 언제나 '혼자가 아니다'는 메시지를 조용히 전하며, 수많은 사람들에게 위로를 주었다. 가끔, 온실을 찾은 아이들의 그림 속에서 자신과 닮은 불안한 시선을 발견하면, 지우는 조용히 그 아이의 어깨를 토닥여주곤 했다.

 태준은 자신의 재능을 더욱 깊이 갈고닦아 젊은 예술가로 성장했다. 그의 붓은 여전히 거칠고 솔직했지만, 그 안에는 온실의 푸른 생명처럼 끈질긴 희망과 아름다움이 담겼다. 그의 전시는 항상 사람들의 발길을 끌었고, 사람들은 그의 그림 속에서 분노 뒤에 숨겨진 진솔한 따뜻함을 발견했다. 그는 자신의 그림을 통해 세상의 상처받은 이들에게 용기와 위로를 건네는 진정한 아티스트가 되었다. 가끔은 온실의 아이들을 위한 미술 지도를 해주기도 했는데, 그의 퉁명스러운 말투는 여전했지만, 아이들을 바라보는 눈빛은 한없이 부드러웠다.

 소미는 예상대로 모든 면에서 탁월한 재능을 보이며 훌륭한 사회인으로 성장했다. 그녀의 꼼꼼함과 추진력은 맡은 일에서 언제나 빛을 발했다. 하지만 이제 그녀는 완벽에 대한 강박에서 벗어나, 실수해도 괜찮다는 여유를 가졌다. 온실에서 얻은 가장 큰 배움이었다. 그녀는 자신의 경험을 바탕으로 청소년들의 멘탈 헬스를 돕는 비영리 단체에서 봉사하며, 불안과 스트레스에 시달리는 아이들에게 '완벽하지 않아도 괜찮다'는 메시지를 전달하는 멘토가 되었다. 그녀의 솔직하고 따뜻한 조언은 많은 아이들에게 희망을 주었다.

 하준은 자신의 건강 문제와 싸워 이겨내며, 생물학자가 되었다. 온실에서의 경험은 그에게 세상의 모든 생명이 얼마나 소중한지, 그리고 그들의 생명력이 얼마나 강인한지를 깨닫게 해주었다. 그는 자신의 연구를 통해 세상의 모든 존재가 그 자체로 얼마나 귀한 가치를 지니는지 사람들에게 알리고 싶어 했다. 그는 여전히 온실을 자주 찾았다. 온실의 식물들이 어떻게 변화했는지 세심하게 관찰하고 기록하며, 새로 온 아이들에게 식물의 이름과 이야기에 대해 설명해주었다. 그의 눈빛은 여전히 맑고 지혜로웠다.

윤 선생님은 이제 학교를 넘어 지역 사회에서 '온실 프로젝트'를 확장하고 있었다. 그녀의 온화한 미소와 변함없는 지지는 수많은 아이들에게 '마음을 열고 세상과 연결되는' 용기를 주었다. 그녀는 언제나 말한다. "이 온실은 식물을 키우는 곳이 아니라, 아이들의 마음을 키우는 곳입니다. 그리고 아이들이 서로를 통해 성장하는 것을 보며, 저 역시 끊임없이 배우고 있습니다."

지우와 친구들은 여전히 온실에 모였다. 각자의 자리에서 받은 상처를 서로에게 털어놓고, 세상의 희로애락을 나눴다. 흙냄새 가득한 온실 안에서 그들은 과거의 자신을 돌아보고, 현재의 서로를 확인하며, 미래의 희망을 함께 그렸다. 그들의 이야기는 온실의 유리창에 비친 햇살처럼 언제나 따뜻했다.

별은 언제나 그 자리에 있었다. 어둠 속에서 더 빛을 발하듯, 아이들의 삶 속에서 빛나는 존재가 되었다. 그들은 깨달았다. '별이 뜨는 자리'는 특정한 공간을 의미하는 것이 아님을. 그곳은 자신들의 마음에 있었다. 서로를 의지하고, 아픔을 나누고, 함께 성장하며 빛을 발하는 '우리'가 있는 모든 곳이 바로 '별이 뜨는 자리'라는 것을. 그리고 그 빛은 앞으로도 수많은 이들에게 따뜻한 길잡이가 될 것이다. 영원히.